INSTITUT IMPÉRIAL DE FRANCE

DISCOURS DE RÉCEPTION

DE

M. DE CHAMPAGNY

RÉPONSE

DE

M. SYLVESTRE DE SACY

DIRECTEUR DE L'ACADÉMIE FRANÇAISE

Lus à la séance publique annuelle du 10 mars 1870

PARIS

LIBRAIRIE ACADÉMIQUE

DIDIER ET Cie, LIBRAIRES-ÉDITEURS

35, QUAI DES AUGUSTINS

DISCOURS

DE

M. DE CHAMPAGNY

Paris. — Imprimerie Adolphe Lainé, rue des Saints-Pères, 19.

DISCOURS

DE

M. DE CHAMPAGNY

PRONONCÉ

A SA RÉCEPTION A L'ACADÉMIE FRANÇAISE,

le 10 mars 1870

PARIS
LIBRAIRIE ACADÉMIQUE
DIDIER ET Cie, LIBRAIRES-ÉDITEURS
QUAI DES AUGUSTINS, 35

1870

DISCOURS

DE

M. DE CHAMPAGNY

MESSIEURS,

Vous m'avez fait un grand honneur et vous m'imposez un grand devoir. En m'admettant au milieu de vous, après une carrière purement littéraire, vous avez voulu sans doute encourager ceux auxquels ont manqué les brillants succès et les excitations de la vie publique, ceux dont le seul titre est le goût des lettres et l'amour persévérant de l'étude. Mais, en même temps, vous m'avez appelé à rendre un solennel hommage à la mémoire d'un des hommes de notre siècle dont la vie publique a été la plus active et la plus éclatante, comme la plus honorée et la plus belle. Est-ce à moi, depuis longues années confiné dans un coin de l'histoire ancienne, de vous redire une existence qui a été mêlée aux plus grandes choses de notre temps? Est-ce à moi de vous parler de ces vicissitudes de la vie nationale dont je n'ai été que le spectateur obscur, quoique non pas certes indifférent? C'est un succès qui m'honore doublement, mais qui éveille doublement en moi le sentiment de mon impuissance, que d'être choisi par vous et choisi pour succéder à M. Berryer.

Mais quoi! pour parler des événements de notre siècle, faut-il en avoir été acteur, et ne suffit-il pas d'en avoir été le témoin? Dans cinquante ou soixante ans, les dissentiments politiques d'aujourd'hui seront oubliés, ou du moins ils auront changé de nom. On lira l'histoire de nos révolutions avec un désintéressement qui ne semble pas pouvoir nous appartenir. Entre les acteurs du drame d'aujourd'hui et ces spectateurs qui le contempleront à distance, il n'y aura de commun que les grandes idées de morale et de justice qui gouvernent éternellement les consciences droites. Mais aussi, lorsqu'en lisant ces annales d'un temps écoulé, on trouvera une satisfaction donnée à ces grandes idées, un noble cœur appuyé par une haute intelligence qui aura su les aimer et les pratiquer, on applaudira comme si l'on était contemporain. Ce point de vue de l'histoire désintéressée, telle qu'on la fera dans l'avenir, ne pouvons-nous pas dès aujourd'hui nous y placer, nous surtout que la vie politique n'a pas marqués de son empreinte, nous qui avons pris part aux espérances et aux inquiétudes plutôt qu'aux ambitions de notre siècle? Cette impartialité de l'avenir est-elle impossible pour nous? En parlant de M. Berryer, pourquoi ne dirais-je pas ce que diront un jour mes petits-neveux?

D'ailleurs, si une vie a été concordante avec elle-même et dirigée d'un bout à l'autre par un même sentiment d'honneur et de justice, si une carrière politique s'est appuyée sur une pensée et une force morale, si jamais l'homme, l'honnête homme, l'homme de cœur a été étroitement uni à l'homme public, cet accord, cette union s'est vue dans la personne de M. Berryer.

Quelle a été la pensée dominante de cette vie? C'est, je ne crains pas de le dire, l'estime et l'amour de la liberté. La liberté! entendons-nous; sous ce nom si décevant, l'esprit de l'homme a mis tant de pensées diverses! Il ne s'agit pas ici d'une théorie de gouvernement, ni d'une thèse quelconque sur la souveraineté, ni de la chimère d'une indépendance sans limite. Cette métaphysique politique était bien loin de l'esprit de M. Berryer. La liberté pour lui n'était autre chose que la justice. C'était le droit de chacun de vivre sous une loi connue, non sous une volonté arbitraire, de ne concéder, en fait de pouvoir sur lui-même, que la part nécessaire à la conservation de la paix sociale. C'était la liberté civile, la liberté de l'homme plus encore que la liberté politique, la liberté du citoyen; ou plutôt la liberté du citoyen n'était pour lui que la gardienne et la protectrice de la liberté de l'homme. C'était la liberté telle que la vieille Europe a encore peine à la comprendre, la liberté positive, pratique, quotidienne; la liberté régulière qui s'arrête devant les limites de la loi; la liberté équitable qui concède à autrui le droit qu'elle revendique pour elle-même; cette liberté toute simple et toute vraie qui n'est autre chose que l'équité naturelle agrandie et fortifiée par la justice chrétienne. Telle fut la pensée fondamentale de la vie de M. Berryer.

Il était né en 1790, à ce moment où notre nation, éprise d'une liberté trop absolue pour être durable, cheminait rapidement d'une monarchie qu'on avait appelée despotique à une république qui devait être bien plus despotique que la monarchie. Il eut pour père un avocat déjà célèbre, et qui par bien des qualités annonçait son fils. Plus d'un magistrat se rappelle aujourd'hui encore avoir entendu Berryer père plaidant à près de quatre-vingts ans, avec une voix merveilleusement sonore, des gestes pleins de noblesse et de longs cheveux blancs tombant sur ses épaules selon la mode de l'ancien barreau. Si la gloire est quelque chose, c'est surtout la gloire d'un père pour un fils ou la gloire d'un fils pour un père ; et je connais peu d'expressions plus touchantes de ce triomphe paternel que le simple mot inscrit un jour par le père, depuis longtemps célèbre, sur la première page d'un livre qu'il donnait en présent à son fils déjà illustre : *Gloria patris.*

Quand, après la tempête de 93, une éducation fut possible, et qu'au-dessus de ce gouffre où toute civilisation avait failli périr, quelques rares établissements d'instruction apparurent, M. Berryer reçut chez les oratoriens de Juilly les leçons les meilleures qu'il fût possible alors de rencontrer. Il y trouva les traditions d'une communauté depuis longtemps illustre ; il les trouva épurées et ramenées à leur primitive vertu par l'orage qui avait si rudement balayé la poussière du saint lieu. Il y trouva aussi une grande tradition littéraire, une intelligence des classiques de l'antiquité et des classiques de notre pays, qui saisit vivement son esprit et lui imprima une marque indélébile. Il y trouva enfin une foi religieuse qui se grava dans son âme en caractères plus ineffaçables encore ; qui à la sortie de ses études le portait par un élan juvénile vers le sanctuaire; qui subsista au fond de son cœur à travers les orages de la politique et de la vie, et qu'il put y retrouver lorsque, dans ses dernières années, il sentit le besoin de se recueillir devant Dieu.

Pendant ces jours passés par M. Berryer sous l'abri des antiques murailles et des ombrages verdoyants de Juilly, tout avait changé en France : ce monde du dehors que son enfance avait pu voir dans les agitations stériles du Directoire, son adolescence allait le retrouver brillant du soleil de Marengo. Il avait vu (et tout le monde se rappelle avec quelle noble familiarité il retraçait ce souvenir devant les assemblées politiques), il avait vu le premier consul dans tout l'éclat d'une gloire dont la France n'avait alors qu'à se réjouir, il l'avait vu aux portes du collége de Juilly s'honorer lui-même en honorant les dignes religieux qui formaient là des hommes de bien pour l'avenir du pays. L'éclat de cette gloire avait pu éveiller l'ambition du jeune Berryer : et cependant, lorsqu'il s'agit pour lui de choisir une carrière, après que son père eut fait valoir devant lui les avantages des fonctions diverses où ses talents pouvaient se déployer : « Non, mon père, dit-il, je veux être indépendant, je serai ce que vous êtes, je serai avocat. » Il embrassa cette profession à la fois indépendante et réglée, la dépositaire, n'en fût-il pas d'autre au monde, de cet esprit de liberté pratique et légale dont nous parlions tout à l'heure. Il en est, Messieurs, du barreau comme de votre compagnie ; c'est une de ces rares institutions des anciens jours qui ont surnagé après l'orage ou plutôt qui ont revécu après avoir été brisées, et qui savent associer leur vieille tradition d'indépendance avec le sentiment des libertés nouvelles. Le barreau était digne d'accueillir M. Berryer. Il offrait à sa haute intelligence le noble exercice des luttes oratoires ; à sa dignité d'homme libre, une profession qui n'est rien que par la liberté ; à sa conscience, la justice pour but ; à son ardeur pour le bien, l'exemple d'une fidélité courageuse qui ne s'était pas démentie pendant les plus mauvais jours et que jamais proscrit n'avait implorée en vain ; à son cœur enfin, une fraternité cordiale, sincère, profonde entre ces hommes appelés à lutter sans cesse l'un contre l'autre, une fraternité qui, particulièrement chère à Berryer, n'a manqué ni à son lit de mort ni à ses funérailles. Vous savez la devise qu'il s'était donnée : *Forum et jus.* Le barreau et le droit ! la liberté et la loi ! la place publique et la justice ! le grand jour pour les débats et, par suite, l'équité dans les jugements ! De quelque manière qu'on la traduise, elle contient la vie publique de M. Berryer tout entière.

Et cependant, si j'en crois des souvenirs que votre gravité ne dédaignera pas, le droit, la justice, la gloire future du barreau n'absorbaient pas exclusivement la pensée du jeune étudiant ou du jeune avocat. Il n'échappait pas à la légèreté de son âge, et le plaisir, les spectacles, la muse familière de Désaugiers ou de quelque autre faisait un peu tort au Code de procédure. Il était un certain soir au Vaudeville devant deux hommes graves, âgés, dont le nom ne lui était pas inconnu, et dont il entendait la conversation pendant l'entr'acte ; c'étaient deux avocats vénérés au barreau et qui causaient de l'avenir de leur ordre : « Le barreau s'en va, disaient-ils, il n'y a personne pour nous succéder. Berryer (Berryer père) commence à vieillir, et ce n'est pas son fils qui le remplacera. Le fils ne s'occupe que de vaudevilles et de chansons. » M. Berryer entendit, ne dit mot, quitta aussitôt le spectacle, retourna au Code civil, et à partir de ce jour le théâtre et les chansons ne figurèrent plus dans la vie du jeune légiste que comme une récréation passagère. Un mot dit par un homme qui ne savait pas être entendu avait frappé sur ce cœur, et en avait fait jaillir une étincelle de conscience et de respect pour le nom paternel. Ce mot prononcé dans une stalle du Vaudeville donnait à la France son grand orateur.

Vers le même temps se décidait, et d'une manière presque aussi soudaine, la voie politique dans laquelle devait marcher M. Berryer. Son père ne semble pas l'y avoir poussé. Comme tous les hommes de bien, c'était avec un sentiment d'épouvante et d'indignation qu'il avait traversé le régime ignominieux de la terreur ; et il ne devait raconter qu'avec reconnaissance l'apparition de ce soldat de génie qui avait mis fin au règne de la violence, rapproché les partis, rétabli les autels, pacifié la France. A cette gloire, la vraie gloire de Napoléon, s'ajoutait l'éclat toujours croissant de ses armes, cette gloire militaire qui coûte si cher aux peuples et qui les séduit tant. La jeunesse est peuple et le peuple est toujours jeune ; l'adolescent à l'imagination ardente qui comptait parmi les belles visions de son enfance l'apparition à Juilly du vainqueur de Marengo ne pouvait être insensible à l'éclat de cette gloire.

Oui, sans doute, mais des idées nouvelles avaient germé dans sa conscience. Un ancien membre de l'Assemblée constituante, chargé de son instruction juridique, lui avait fait lire les actes de cette mémorable assemblée qui eut l'enthousiasme, je ne dirai pas le vrai discernement, de la liberté. Et en même temps, il voyait son père combattre par la parole, autant qu'alors la parole pouvait combattre, en faveur du maire d'Anvers, victime d'une des iniquités les plus notoires qui aient signalé les dernières années de l'Empire. Cet esprit de liberté et de justice, que Dieu avait mis si profondément en lui, se souleva ; il continua d'admirer, mais il ne fut pas en lui d'aimer ; comme il le disait plus tard dans une de nos assemblées, « le despotisme lui gâta la gloire ».

Et vers le même temps il apprenait de son père (car, chose étrange ! il ne le sut qu'âgé de plus de vingt ans), il apprenait de son père et de l'Almanach royal de 1792 qu'il y avait encore des Bourbons. Et le désir naissait dans son esprit qu'un pouvoir ancien mais renouvelé, un pouvoir consacré par l'histoire et soutenu par la liberté, un pouvoir pacifique, paternel, équitable succédât à ce pouvoir né de la veille qui faisait acheter la gloire par le sacrifice de tant de liberté.

La Restauration était bien peu probable encore lorsque déjà il l'appelait de ses vœux. Elle n'était pas accomplie que dans les rues de Rennes il arborait la cocarde blanche, était obligé de fuir et trouvait un refuge à Nantes, cette ville qui, dix-huit ans plus tard, devait le voir en face d'un semblable péril. Et, lorsque enfin celui qui avait tant usé de l'épée eut succombé sous l'épée, M. Berryer salua le pouvoir nouveau comme un pouvoir qui, loin d'apporter les douleurs de l'invasion, venait au contraire les guérir, qui n'était pas imposé par l'étranger, mais qui s'imposait à l'étranger. Sa voie politique fut dès lors tracée pour jamais. Sa famille n'était pas de celles que d'anciens et vénérables souvenirs, que des affections aussi fortes que des convictions rattachaient à la descendance de Henri IV. Non, sa conviction politique lui fut toute personnelle, elle fut toute de son siècle, toute de patriotisme et de liberté. Qui ne se rappelle ce discours, merveilleux de noblesse, de simplicité et d'épanchement, où devant l'Assemblée législative il faisait la confession de sa vie politique et racontait l'éclosion de sentiments qui depuis n'avaient fait que se fortifier? « Quand j'ai vu tomber, disait-il, un grand empire, mais qui ne reposait que sur la tête d'un homme, j'ai senti qu'une monarchie devait reposer sur un principe; j'ai été royaliste, royaliste national; passez-moi le mot, ne riez pas, disait-il comme en suppliant; vous blesseriez le plus vrai, le plus profond, le plus sincère de tous les sentiments. J'ai été royaliste, parce que j'étais patriote, très-bon patriote (1). »

(1) Discours sur la révision de la Constitution, du 16 juillet 1851.

Ne riez pas! Certes personne ne songeait à rire et personne n'y songe en face de cette conviction si franche, si persévérante, si désintéressée. Ce que M. Berryer avait commencé d'être en 1812, il l'était encore en 1868. Il était royaliste au mépris des suggestions de l'intérêt; car son patrimoine, rudement atteint par le contre-coup de la Restauration, devait l'être encore par l'abandon plus ou moins complet du barreau que lui imposa plus tard la vie parlementaire sans qu'il aimât moins pour cela et la Restauration et la vie parlementaire. Il était et restait royaliste au mépris de toute espérance ambitieuse, renonçant à toutes les faveurs du pouvoir en un siècle où les faveurs du pouvoir excitent tant de désirs. Dans quelques rangs que nous aient jetés les souffles divers de la fortune politique, c'est pour nous un grand sujet d'admiration et de respect qu'une semblable fidélité à soi-même continuée pendant cinquante-six ans et jusque sur le lit de mort.

Et, comme pour prouver combien était franche et libre cette adhésion du jeune volontaire de 1815, lorsque la Restauration se laissa entraîner à ces déplorables représailles que les gouvernements se croient permises et qui leur sont mortelles, Berryer, âgé de vingt-cinq ans, siégea à côté de son père pour la défense du maréchal Ney ; il fit acquitter Cambronne, obtint du roi la grâce du général Debelle : rendant ainsi à la Restaaration un genre de services que les gouvernements ne demandent à personne et ne reçoivent que rarement de leurs amis. Aussi, quelque ardent ami qu'il pût être, ses paroles éveillèrent des mécontentements, et il fut traduit devant le conseil de son ordre pour avoir, lui si hautement royaliste, «professé des doctrines propres à blesser le principe de la légitimité(1)». C'est ainsi que débutait l'homme qui devait, en 1840, défendre devant la cour des pairs celui qui était alors le prince Louis-Napoléon; en 1848, réclamer contre la proscription des princes d'Orléans; en 1852, revendiquer leurs biens: l'homme qui s'est opposé à toutes les représailles et n'a jamais su voir des ennemis dans les vaincus.

Sous la Restauration et pendant bien des années, M. Berryer ne fut qu'avocat. Son âge lui fermait les portes de la chambre; son indépendance l'éloignait de rien solliciter, même du pouvoir qu'il aimait le plus. D'une autre façon encore il témoigna de cette indépendance lorsqu'il défendit un illustre accusé, l'abbé de Lamennais, à qui, malgré la liberté des cultes proclamée par Louis XVIII, on reprochait de ne pas être de la religion de Louis XIV. Les princes auxquels il n'avait jamais rien demandé savaient cependant qu'ils pouvaient compter sur lui, et le comte d'Artois gémissait de ne point le voir encore au parlement. « Oh! ces quarante ans, je les guettais, » lui dit Charles X, lorsque ces quarante ans furent enfin venus. Ils ne vinrent qu'en la dernière et fatale année de la Restauration!

M. Berryer arriva donc sur la scène politique au moment où elle allait être renouvelée par le torrent des révolutions. Ce fut en parlant de liberté qu'il se présenta aux électeurs de la Haute-Loire, et ce fut la dynastie

(1) *Moniteur*, 27 mai 1816.

auteur de la Charte qu'il recommanda à leur vénération : « Pour nous Français, leur dit-il, être libres, c'est obéir à nos rois. » Grâce à cette élection, il put prendre sa part dans la lutte suprême entre le pouvoir parlementaire et la race de Louis XIV ; tardif défenseur d'une cause qui aurait eu besoin plus encore de sagesse dans les conseils que d'éloquence au sein des assemblées. Une majorité hostile à ses convictions fut ébranlée par cette parole, que dès ce jour on appela une puissance.

Ce qui suivit nous est connu, et nous pouvons nous hâter à travers ces événements que nous ne saurions oublier, quoique le souvenir ait pu s'en affaiblir pour les générations nouvelles. M. Berryer était loin de Paris lorsque furent publiées les ordonnances de juillet 1830 ; il ne les connut qu'à Augerville en tombant dans les bras de son frère. Lui qui avait les enthousiasmes, non les illusions, des amis exagérés de la royauté, pâlit en lisant le *Moniteur :* « O mon Dieu, quelle faute ! » s'écria-t-il. Et peu après, seul avec son frère, épanchant les inquiétudes et les agitations de son cœur, il éleva vers Dieu une éloquente prière pour cette France dont le péril le touchait comme l'eût touché l'agonie d'une mère.

Pendant qu'il priait ainsi, la Révolution s'accomplissait, et un débat de moins de huit jours rompait cette chaîne de l'hérédité qui avait subsisté pendant huit siècles. La première pensée de M. Berryer fut de refuser le serment et de se retirer de la vie parlementaire ; mais il en délibéra avec ses amis politiques et l'avis commun fut de demeurer. Tout en protestant devant la chambre que « la force ne détruit pas le droit », il se soumit à prêter serment.

Alors commença pour lui une situation éclatante, mais difficile, et qui pendant trente-huit ans ne devait guère varier ; il demeura au milieu des assemblées et il y demeura à peu près isolé, lié par sa conviction à un passé dont on s'éloignait de plus en plus ; ne pouvant guère en espérer le retour ; ne faisant autre chose devant le pays que de lui rappeler par sa seule présence la voie d'où il était sorti : protestation vivante dont le pays, ce semble, aurait pu se fatiguer et que tout au contraire il admira.

Ce n'est pas qu'au premier moment, la passion ne se soit soulevée contre lui et que ses adversaires lui aient dès l'abord rendu toute justice. Nous avons vu (il faut comprendre ici quelle effervescence de passions défiantes bouillonne toujours au lendemain d'une révolution), nous avons vu traiter de conspirateur l'homme qui était par-dessus tout l'homme de la publicité et des voies légales ; on a accusé de participation à la guerre civile l'homme qui avait quitté sa demeure et s'était aventuré au milieu des pays agités par la lutte, uniquement pour détourner s'il se pouvait la guerre civile ; triste erreur après laquelle M. Berryer et ses adversaires d'alors ont dû se retrouver bien étonnés d'avoir été, lui accusé, eux accusateurs.

Mais heureusement l'erreur ne fut pas longue. M. Berryer, arrêté, exposé un moment à la fureur populaire, sauvé par le courage du gendarme qui le conduisait, comparut enfin devant la cour d'assises de Blois, et en face de la justice de son pays, lui le constant ami de la justice, entendit de toutes les bouches, et avant tout de la bouche du ministère public, une sentence d'absolution qui était un triomphe.

Ce qui se passait devant les tribunaux se passa aussi dans les assemblées. Il y avait tant de loyauté dans l'accent de sa voix, tant de cœur dans son éloquence que, quelles que fussent les colères, et par moment elles étaient ardentes, elles ne pouvaient durer longtemps. La majorité sentit que pour son propre honneur elle devait respecter et conserver au milieu d'elle un tel opposant. Non-seulement les assemblées l'ont écouté; mais, sincères et indépendantes comme lui, elles l'ont suivi plus d'une fois, même dans des questions qui touchaient de bien près leurs affections politiques. Est-il besoin de vous rappeler l'affaire de l'indemnité américaine où M. Berryer, cet ami de la Restauration, se trouva un moment le défenseur des actes de l'Empire? Est-il besoin de vous rappeler une autre loi inspirée par un sentiment exagéré du péril public, et qui, pour une défaillance momentanée de la justice légale, modifiait tout l'ordre de la justice? L'homme de la loi, l'homme du droit et de la liberté se retrouva là, et la mesure qui aurait agrandi le cercle des juridictions exceptionnelles fut rejetée par les amis mêmes du pouvoir qui la proposait. Disons-le à l'honneur des chambres où il a siégé, jamais homme n'a occupé une aussi grande place dans une assemblée dont il contredisait tous les sentiments. Cette place était grande parce que, seul avec un petit nombre de collègues, il représentait dans la chambre tout un parti, et un parti digne de respect. Mais aussi sa place était grande parce que son âme et son intelligence étaient grandes. Les esprits élevés et les nobles cœurs aiment à être contredits de cette façon.

Je me trompe, il n'était pas sur tous les points en contradiction avec son auditoire; entre lui et ses collègues il y avait un sentiment commun et un sentiment que M. Berryer exprimait avec une énergie et une franchise je dirais volontiers candide. Son patriotisme n'avait rien de vague ni de banal; il aimait la France, non comme une abstraction, mais comme une personne vivante. Sa politique était avant tout une politique française. Quels que fussent ses engagements dans les questions intérieures, dans les questions du dehors il n'était que Français. Comme l'a dit un de ses plus illustres adversaires qu'il ne m'est pas permis de nommer ici : « Quoiqu'il vécût en homme de parti, il sentait en patriote; il ne fut étranger à aucun des instincts, à aucune des émotions, à aucune des aspirations de son pays. » L'homme d'État qui parlait ainsi le savait bien; c'est à lui que M. Berryer, constant désapprobateur de sa politique, avait dit du haut de la tribune, au lendemain d'un grand acte de politique nationale : « Vous avez bien fait. »

Et même dans la politique intérieure y avait-il chez M. Berryer une autre pensée que celle de l'intérêt du pays? — Non; pour lui les Bourbons n'étaient que le moyen, le bonheur de la France était le but. A ce propos, m'est-il permis de vous retracer une scène qui nous transporte en plein moyen âge?

Il y a fête dans un somptueux manoir de la vieille Angleterre. Au milieu des fleurs, des flambeaux, de la vaisselle d'or et d'argent sont assis de nombreux convives, dont le plus honoré est un prince exilé que des amis partis de sa terre natale sont venus saluer dans son exil. Le noble châtelain, dont le nom rappelle glorieusement les luttes de deux peuples qui ont enfin appris à s'estimer, le noble châtelain se lève, et, soulevant un hanap d'or artistement ciselé, porte la santé de l'exilé, qu'il ne craint pas d'appeler roi. Les acclamations vont jusqu'aux larmes, et parmi ceux qui élèvent la voix, un homme surtout, un de ces hauts bourgeois plus honorés que bien des grands seigneurs, se fait remarquer par l'éloquence de ses vœux. Le repas terminé, on se lève, et le prince attendri emmène à part l'homme qui vient de parler avec tant de chaleur; il s'approche de lui pour l'embrasser : « Oh ! comme vous m'aimez ! » lui dit-il. L'autre se recule avec respect : « Non, Monseigneur, je ne vous aime pas ! ce n'est pas vous que j'aime, c'est mon pays, et je ne souhaite votre grandeur que parce qu'elle doit faire le salut et la liberté de mon pays. »

Ainsi s'écoula pour M. Berryer la période du gouvernement parlementaire de 1830 à 1848. Le temps me manquerait pour énumérer ses chefs-d'œuvre oratoires ; sans les oublier, nous sommes réduits à les confondre. Bien qu'il eût abandonné le barreau pour la tribune, de temps en temps le barreau le ressaisissait. De grandes causes, des causes dignes de sa sympathie et qui s'imposaient à lui comme des devoirs, l'arrachaient au palais Bourbon pour le conduire aux assises de Paris, où il défendait dans la personne de M. de Chateaubriand le génie littéraire et la loyauté politique ; à la cour des pairs, où il défendait le plus grand nom des temps modernes avec une telle autorité et une telle hardiesse, que le *Moniteur* effarouché n'osa pas l'entendre. J'en omets bien d'autres ; mais, tandis que les titres d'honneur se multiplient, les années s'écoulent et les révolutions se préparent.

M. Berryer n'était pas sans prévoir la révolution qui s'approchait ; dans son discours sur la réforme électorale en 1847 : « C'est, disait-il, l'histoire du genre humain dans tous les siècles ; les sommités s'effacent et disparaissent..... la bourgeoisie domine aujourd'hui, mais elle est d'autant plus pressée par les classes inférieures, qui montent à leur tour et qui montent avec l'intelligence, chez lesquelles se développe chaque jour le sentiment de leur droit de concourir à la chose publique. Croyez-moi, c'est un avertissement sérieux que je vous donne (1). »

En parlant ainsi, il lui arrivait, ce qui est rare chez les hommes politiques, de voir au-delà du monde où la politique s'agite, et de penser du haut de la tribune à ceux pour qui cette tribune est non-seulement inaccessible, mais presque inconnue. Une telle prévoyance, si elle eût été celle de tous, aurait-elle détourné l'orage ? il est permis d'en douter. Nous sommes, pour notre malheur, le pays de l'imprévu. Cette liberté selon le droit, cette liberté patiente, qui sait ce qu'elle veut et ne

(1) 26 mars 1847.

fait que ce qu'elle veut, nous la comprenions peu en 1848; la comprenons-nous même aujourd'hui? Trop souvent le goût de réformes que nous ne voulons qu'à demi, et que nous ne définissons pas du tout, nous a menés à des révolutions dont nous ne voulions pas. Le flot populaire, qui avait brisé un trône en 1830, en brisa un autre en 1848, sans même s'être demandé comment il le remplacerait.

M. Berryer, qui avait eu le mérite de prévoir cette révolution, n'eut pas le regret d'y avoir coopéré. La veille de la manifestation projetée, une réunion des députés de l'opposition fut convoquée pour savoir s'il fallait en donner le signal ou en écarter la pensée. Parmi ceux qui se trouvaient là, M. Berryer était au nombre des adversaires les plus décidés du pouvoir. Mais les moyens révolutionnaires ne lui convenaient pas : il avait assez de confiance dans la puissance de l'opinion pour ne pas vouloir mettre la violence à sa place ; il estimait trop la tribune pour appeler le secours de la rue. Sous l'influence de sa parole, grand nombre de ses collègues éloignèrent toute pensée de manifestation violente. Mais la manifestation se préparait ailleurs, ou plutôt elle se préparait partout et toute seule. A certaines crises de notre histoire, les faits sont plus révolutionnaires que les volontés.

A ce moment, le rôle de M. Berryer fut changé. Des hommes, des idées, des passions nouvelles surgissaient, que, trop enfermés dans le cercle de la vie parlementaire, les esprits politiques avaient à peine soupçonnés. On avait de nouveaux adversaires, mais, par suite, de nouveaux amis. La loyauté des caractères mutuellement appréciée, le patriotisme sincère de part et d'autre, étaient déjà un lien entre M. Berryer et les hommes qu'il avait le plus vivement combattus. Un autre lien fut ce jour-là le péril de la société, attaquée par des passions d'autant plus violentes qu'elles étaient nées de la veille; l'ordre social menacé dans ses fondements éternels comme un château-fort bâti sur un écueil de l'océan, qui pour la première fois sentirait s'ébranler sous les coups de la mer non pas seulement ses murs, mais le rocher même qui leur sert de base. Ainsi qu'il arrive souvent, on se connut mieux et l'on s'estima plus que jamais au jour du danger. — Et de plus, d'autres hommes, qui venaient d'un tout autre point de l'horizon, mais qui avaient trouvé de grands enseignements au spectacle de cette révolution, « arrivée trop tôt, dit M. Berryer, de l'aveu même de ceux qui la désiraient »; d'autres hommes se joignirent à cette armée de la défense sociale; et je ne puis m'empêcher de rappeler ce qu'il disait de l'un d'eux : « Il est de nos amis, il est des miens, je suis de son parti.......; je ne sais pas aller chercher dans un homme de cœur qui exprime les sentiments qui m'ont animé toute ma vie, s'il est républicain de la veille ou républicain du lendemain; je sais qu'avec ces sentiments il sauvera la France, et c'est pour cela que je lui ai tendu la main (1). »

Mais la question devait être tranchée ailleurs qu'au pied de la tribune. Dans l'Assemblée constituante de 1848, qui restera une des plus illustres de notre pays, il se forma dès le premier jour une majorité forte, nom-

(1) Discours, 2 août 1848.

breuse, invariablement attachée à ces principes d'ordre social qui sont aussi nécessaires, s'ils ne le sont davantage, aux républiques qu'aux monarchies. Et lorsqu'une telle assemblée était à la tête du pays, l'armée française et le patriotisme français ne devaient pas manquer de vaillantes épées pour opposer à la force qui veut détruire la force qui maintient. Mais M. Berryer comprit qu'au soldat de la vie parlementaire incombait un autre devoir. Il savait que le désordre des finances, suite des révolutions, est aussi un grand agent de révolutions. Il ne fallait pas que la France, sauvegardée sur le champ de bataille, pérît par la banqueroute. Avec la sagacité pour ainsi dire universelle de son esprit, il veilla sur la richesse publique si menacée et contribua à sauver le patrimoine de la France en même temps que la France était sauvée par l'épée des citoyens et des soldats.

Cependant cette situation de péril et de combat ne pouvait longtemps durer. Républicains par nos idées, nous sommes monarchiques par nos traditions. Nous brisons les rois et nous ne savons pas nous passer des rois. Nous ne respectons pas l'hérédité dans le passé; mais nous aimons à la fonder pour l'avenir. Quand nous faisons un consul, ce consul est déjà à moitié empereur.

Il s'est donc produit au milieu de ce siècle ce qui s'était produit au commencement. Je ne compare certes pas la république de 92, qui se fit l'ennemie des honnêtes gens, à la république de 1848, qui voulait être la république des honnêtes gens; mais il était dit que l'une et l'autre devaient, sous l'influence d'une grande gloire et d'un grand nom, par une transition assez courte, arriver à n'être que le voile et le voile bientôt déchiré de la monarchie. Avec la vénération de moins, nous sommes toujours le peuple de Louis XIV, quoique la Fronde plus redoutable s'appelle aujourd'hui la Révolution.

M. Berryer le sentait bien, et voyait une monarchie venir sur les pas de la république. Il ne lui était permis d'en accepter qu'une. Mais il lui était permis de souhaiter un appel solennel au pays afin qu'il se prononçât ou pour la royauté antique, ou pour une royauté nouvelle, ou pour la prolongation de cette forme semi-républicaine sous laquelle on vivait. C'est alors qu'il fit entendre ce discours sur la révision de la constitution, ce discours où dans une digression admirable, après avoir raconté l'histoire de la France, il racontait sa propre histoire, où, après avoir accepté la république comme un *intérim* de la vie nationale, il demandait que la nation rentrât dans sa voie ; mais où en même temps il déclarait ne rien vouloir attendre de la force, vouloir abolir la forme républicaine, non la briser, et redoutait comme le plus grand de tous les malheurs l'acte par lequel le pays eût pourvu inconstitutionnellement à son salut. La majorité de l'assemblée, la majorité du pays eût voté avec lui ; mais à cette heure, par suite d'une de ces précautions constitutionnelles que l'on croit prudentes et qui sont souvent funestes, la majorité ne suffisait pas. M. Berryer avait prévu cette issue de la délibération, et en finissant il suppliait ses amis « d'accepter la défaite s'ils étaient vaincus et de demeurer dans l'ordre légal pour des temps qui allaient être bien difficiles (1) ». On sait comment, ainsi qu'aux jours

(1) 16 juillet 1851.

d'Alexandre, l'épée a tranché le nœud gordien de la constitution de 1848.

Ici, Messieurs, nous arrivons à l'histoire d'hier. Est-il nécessaire de vous la raconter? Est-il nécessaire de redire, ce que d'avance on eût prédit, que M. Berryer serait une fois de plus d'accord avec lui-même? Homme de la vie parlementaire, pouvait-il ne pas protester? Partisan de la monarchie antique, pouvait-il ne pas reprendre, en face d'une monarchie nouvelle, l'attitude à laquelle l'avait condamné la monarchie de 1830? La république avait été pour lui comme un temps d'arrêt entre deux royautés, pendant lequel les partisans des monarchies diverses unis par le péril public pouvaient porter ensemble le drapeau de l'ordre social, sur lequel aucun nom propre n'était écrit. « La république, » disait alors un grand esprit politique, « la république est ce qui nous divise le moins ; » mais lorsque le drapeau porta un nom, quelque grand qu'il fût, on se divisa davantage, et M. Berryer dut se retirer dans sa vieille mais toujours loyale opposition. D'autres aiment à suivre dans ses phases diverses la destinée de leur patrie et à ne pas être plus constants, je ne dirai pas que la fortune, mais que la nation. Ils se disent (je ne le leur contesterai pas) que la politique n'est pas une religion, qu'elle repose sur des institutions variables non sur des vérités absolues, qu'elle est faite d'événements non de principes, que ces événements puisent leur légitimité ou dans la volonté du peuple qui les accepte ou, en tout cas, dans la volonté de Dieu qui les permet. Il n'en était pas ainsi pour M. Berryer ; s'il ne faisait pas de la politique une religion, il en faisait quelque chose d'approchant : c'était pour lui le culte invariable, fidèle, persévérant, malgré tous les échecs, de l'idée une fois conçue comme la meilleure. C'était la constance envers soi-même, non par orgueil (personne ne fut plus éloigné de l'orgueil que M. Berryer), non par une confiance exclusive en son propre jugement, mais parce qu'il avait cru une fois et ne trouvait pas de raison pour ne plus croire.

Dans une autre sphère et dans une sphère encore plus élevée, M. Berryer sut se mettre d'accord avec lui-même, et ne cessa pas de croire ce qu'il avait cru dans sa jeunesse. Sa foi religieuse ne varia pas plus que sa conviction politique ; le disciple des Pères de l'Oratoire resta fidèle aux sérieux enseignements qui avaient formé son adolescence, de même que l'homme public resta fidèle aux premières inspirations politiques qui avaient éclairé sa jeunesse. Il avait témoigné de cette foi dans son éloquente défense de l'abbé de Lamennais en 1826 ; il en avait témoigné plus hautement encore lorsqu'en 1845 il avait défendu dans la personne des jésuites la liberté religieuse. M'est-il interdit de me souvenir que j'étais alors, certes à son insu, l'humble soldat de l'armée qui soutenait derrière lui cette grande cause, et que j'avais dans cette armée un ami qui ne me permet de rien dire ici puisqu'il m'écoute, et un chef plus jeune que nous tous, que mes regards affligés cherchent dans cette enceinte et que j'ai avec vous le regret de ne pas y voir ? Nous combattions ce jour-là (puisque j'ai eu le bonheur d'associer mon nom obscur à tous ces noms), nous combattions, nous aussi, pour le droit et pour la vraie liberté, et pour la plus sainte des libertés, celle de la conscience dans ce qu'elle a de plus sacré, de l'association dans ce qu'elle a de plus intime, de la famille dans ce qu'elle a de plus cher. M. Berryer disait le matin du jour auquel je fais allusion : « La cause est perdue, et cependant elle sera gagnée. » Les années qui ont suivi n'ont pas démenti cette parole : j'aime à le dire à l'honneur de celui d'entre vous qui ouvrit le combat ce jour-là, à l'honneur de l'illustre mort dont je vous parle, à l'honneur de l'illustre absent qui bientôt, je l'espère, sera rendu à notre commune amitié.

Cependant, durant plusieurs années, la conviction politique de M. Berryer, active comme elle l'était, avait laissé dans sa vie moins de place à sa foi religieuse, et lui, si conséquent en toutes choses, ne l'était pas alors avec la croyance qui est le fondement de toutes les autres. Mais un temps de repos lui fut ménagé, et l'interruption de sa vie politique le livra plus que jamais à une sainte et glorieuse amitié. Il avait connu et aimé dans la magistrature celui qui devait être plus tard le P. de Ravignan, et lui demander son discours du 3 mai 1845. Devenu à son tour et d'une autre façon le client de cet illustre religieux, il put lui écrire en 1857 : « Ma raison et ma conscience sont satisfaites. » Certes, il s'agissait ce jour-là d'une raison assez haute et d'une conscience assez droite. Mis ainsi en parfait équilibre et d'accord en tout avec lui-même, ayant réalisé dans sa vie toutes les convictions de son âme, M. Berryer pouvait se reposer dans sa noble vieillesse et attendre, avec confiance et avec patience en même temps, le terme d'une des existences les plus complètes que notre siècle ait vues.

A ce repos intérieur que donne à l'homme de bien, au citoyen, au chrétien, la conscience du devoir accompli, s'ajouta, pendant les dernières années de la vie de M. Berryer, une auréole toujours grandissante de gloire humaine, et de la meilleure, parce qu'elle couronnait, non le succès d'un jour, mais le génie et la vertu éprouvés pendant un demi-siècle, parce qu'elle était l'hommage, non d'un parti, mais de tous les cœurs. Si l'estime des hommes est jamais précieuse, c'est alors que, sans être séduite par la jeunesse du talent ni par l'entraînement des circonstances, après avoir vu s'écouler une longue vie elle la résume, la juge et la couronne une dernière fois. Cet ornement de la vieillesse n'a pas manqué à M. Berryer. La vieillesse d'ailleurs n'était pas pour lui la décadence ; le barreau s'était remis en possession de lui, et d'éloquents plaidoyers signalèrent encore cette dernière phase de sa carrière. C'est à cette époque qu'il eut la joie de servir de sa parole ses frères d'armes d'un autre temps : celui que nous rappelions tout à l'heure, et un autre que j'aurais dû nommer en même temps, soldat des mêmes combats, mais avec un titre plus sacré et une dignité plus haute encore. Je regrette aujourd'hui son appui qui ne m'a jamais manqué, mais je ne m'afflige pas de son absence : c'est au nom d'un trop beau et trop solennel devoir que Rome nous l'a enlevé.

Le barreau avait repris M. Berryer à la tribune, et vous, Messieurs, vous veniez à votre tour le disputer au barreau. Il vous appartenait à un double titre, puisque l'éloquence judiciaire a toujours eu sa place parmi vous, et que l'éloquence politique a bien le droit d'y réclamer la sienne. Vous vous rappelez avec quelle modestie et quel candide embarras il vous disait à propos du discours qu'il devait prononcer à cette place : « Je ne sais ni lire ni écrire. » Il vous a prouvé cependant qu'il savait l'un et l'autre. Vous étiez pour lui une de ces traditions du passé qui lui étaient précieuses et une des gloires de cette France qu'il aimait tant; et l'on m'a raconté que, lorsque la vie parlementaire est revenue le disputer à l'Académie et au barreau, il n'en était pas moins autant que possible assidu à vos séances, et ce n'était pas le jeudi qu'il était le plus exact au Palais-Bourbon.

Un dernier et bien légitime honneur l'attendait encore. Le barreau l'avait mis à sa tête et bientôt se fit une gloire de célébrer son cinquantième anniversaire. Ce fut l'un de vous, Messieurs, qui eut ce jour-là l'honneur de saluer « ce vétéran du droit et de la défense » ; il saluait en M. Berryer ces principes d'éternelle justice au nom desquels se réunissaient à cette heure des hommes appartenant aux partis politiques les plus divers et venus des points de la France les plus éloignés. Je ne dis pas assez en parlant de la France, car cet hommage se répéta même au-delà de la Manche; et dans le pays de la liberté légale, des voix fortes, avec leur langage simple, droit et énergique, appelèrent et accueillirent l'homme qui avait été plus qu'aucun autre, de ce côté-ci du détroit, l'homme de la liberté légale. M. Berryer recevait ces hommages avec une joie pure et un attendrissement profond, bien plutôt aimant et satisfait que fier et triomphant. C'étaient pour lui des frères qu'il embrassait plutôt que des disciples dont il recevait l'hommage ; et vous vous rappelez qu'à ce banquet de Paris, prévoyant le trouble de son émotion, il avait écrit d'avance quelques lignes de remercîments ; mais ses yeux ne purent pas les lire, il fallut qu'il laissât s'échapper au hasard les paroles que son cœur lui dictait et que ses larmes lui permettaient à peine de prononcer.

La vie politique dans laquelle il rentra en 1863 lui préparait encore une bien douce et bien noble émotion. Pour une âme comme celle de M. Berryer, c'est toujours un bonheur que de se trouver d'accord avec ceux qu'on a combattus et que peut-être on combattra encore. Il eut ce bonheur dans l'enceinte même des assemblées législatives où il avait eu à lutter tant de fois contre tant d'adversaires différents. Entre les hommes de bien, il y a toujours des points sur lesquels, divisés d'ailleurs, ils ont la joie de se réunir : avec quelques-uns des hommes qui étaient séparés de lui, M. Berryer avait en commun l'amour de la liberté, avec d'autres les sentiments et les sollicitudes du chrétien. Il y eut un jour qui ne s'effacera jamais de nos souvenirs ni, je l'espère, du souvenir des hommes d'État ; un jour où, au nom du second empire, mieux inspiré que le premier, une garantie solennelle fut donnée à la France et à l'Europe contre les passions révolutionnaires qui tenaient assiégée dans son dernier refuge la liberté de conscience de deux cents millions d'hommes. Comme Français, comme catholique, comme ami de la civilisation et de la liberté, M. Berryer ne pouvait accueillir qu'avec bonheur cette déclaration, et il le fit avec la confiance, la franchise, la chaleur sans laquelle il n'eût pas été M. Berryer. Il oublia ce jour-là que ceux qui parlaient étaient des adversaires et que le pouvoir qui s'honorait ainsi était un pouvoir qu'il avait toujours combattu. Il ne vit qu'une grande cause noblement et sincèrement embrassée, une cause qui plus que toute autre était la sienne; il ne vit que le bonheur de trouver, lui si Français, si juste, si chrétien, une assemblée française tout entière d'accord pour la cause de la justice et du christianisme, et il salua sans que rien troublât sa joie les paroles «solennelles et ineffaçables», comme il les appela, que le souverain venait de prononcer par la bouche de son ministre(1). Noble langage et qu'ont récemment confirmé les paroles d'un autre ministre, désigné par l'opinion publique au choix du souverain! Un pas de plus fait par notre politique dans les voies de la liberté véritable ne pouvait que cimenter de tels engagements.

Messieurs, j'ai raconté M. Berryer, mais je n'ai pu le peindre, je n'ai pu dire ce qu'était son intelligence, ce qu'était son âme. Son âme! car, avant tout, M. Berryer était une âme, une âme droite, ouverte, sensible, généreuse. Ces facultés si admirables, cette parole si animée, cette voix si retentissante, ce geste si noble et cette physionomie si belle n'étaient que les serviteurs d'une volonté droite et d'un cœur ardent pour le bien. C'est avec justice qu'on a mis sur sa tombe cette parole célèbre: *Pectus est quod disertos facit*. On se sert parfois de ce mot: *artiste en parole;* nul orateur n'était moins artiste

(1) Séance du 5 décembre 1856.

que M. Berryer. A ce propos j'entendais raconter un petit fait de la vie ordinaire, mais qui aide à comprendre ce qu'était ce talent tout spontané, cette parole forcée de se taire quand le cœur se taisait.

Un jour, à la campagne, il lisait Molière devant quelques amis avec cette admiration ardente qu'il avait pour les classiques de notre langue. L'idée vint d'en jouer quelques scènes ; deux jeunes femmes, certes bien étrangères au théâtre, lui demandèrent de leur donner la réplique. Son rôle fut vite appris, il savait Molière par cœur; depuis longues années il était accoutumé à la parole publique : et cependant, lorsqu'il s'agit de dire un rôle devant un auditoire peu effrayant, les deux jeunes débutantes furent moins intimidées que lui. Incapable d'accentuer la pensée d'autrui, il ne pouvait être qu'un mauvais comédien.

Cette timidité et cet embarras se retrouvaient, pour lui, même au pied de la tribune, tant que l'émotion qui les avaient causés ne les avaient pas vaincus. « Je ne monte pas ces huit marches sans avoir la fièvre, » disait-il. Il les montait comme malgré lui, hésitant, agité, se tenant parfois le cœur à deux mains pour l'empêcher de battre. Sa parole au début était lente, quelquefois un peu pénible et confuse. Mais lorsque l'âme avait pris le dessus, lorsqu'il s'était raffermi dans la volonté de dire le vrai et d'amener le bien ; lorsque, dans les questions d'affaires qu'il traitait avec une lucidité si admirable et un jugement si sûr, il s'était senti en pleine possession de la pensée qu'il voulait faire prévaloir ; lorsque, dans les questions qui remuaient son cœur, son émotion était montée au point où elle ne le troublait plus, mais le conduisaient ; son éloquence, sans être combinée dans son esprit, se faisait toute seule sur ses lèvres et exerçait sur son auditoire une action irrésistible. Puis, au bout d'une heure, parfois au bout de quelques minutes, il redescendait haletant, épuisé, essuyant la sueur de son front. Il payait ainsi l'émotion de la tribune, sans laquelle, disait-il, « nul ne sera jamais grand orateur ».

Cependant, si fortement entraînée que fût sa parole, elle avait besoin d'être soutenue par le sentiment de ce qui se passait dans son auditoire ; il écoutait ses auditeurs comme ceux-ci l'écoutaient, et il leur rendait l'émotion qu'eux-mêmes lui avaient transmise. C'est pour cela qu'à des collègues de la chambre, l'entourant après un discours de félicitations auxquelles il aimait à se dérober : « J'apporte, disait-il, mon idée et ma conviction ; mais, mon discours, c'est vous qui le faites. » En face du jury, cette communication avec son auditoire avait chez lui quelque chose de plus formel et de plus délibéré. Avant de parler il cherchait, parmi les jurés placés en face de lui, un visage particulièrement intelligent et expressif, et cette physionomie était pour lui un type sur lequel il lisait comme en abrégé les impressions de ceux qui l'écoutaient, et d'après lequel il modérait, redoublait, détournait, arrêtait le mouvement de sa parole. Le plaidoyer devenait ainsi comme un dialogue où le visage de l'un répondait à la parole de l'autre, de même que, dans les chambres, les murmures, les approbations, le silence et les mille nuances du silence répondaient aux accents de sa voix. Il y eut, me dit-on, quelques jurés qui, placés sous ce puissant regard et sans cesse poursuivis par lui, remués ainsi par une double éloquence, se troublèrent presque jusqu'à la défaillance.

Ce qui nous reste de ses discours parlementaires garde l'empreinte de cette spontanéité de son éloquence. Le sténographe, qu'on a appelé l'ennemi de l'orateur, ne nous a conservé de ces harangues où le geste et le visage parlaient autant que la voix qu'une faible esquisse et comme une ombre refroidie. Trop indifférent à sa propre renommée, M. Berryer ne prenait pas la peine de remettre son langage écrit au niveau de son langage parlé et de remédier avec la plume à l'inévitable insuffisance de la sténographie : ce n'est pas lui qui eût refait la *Milonienne* et, dans l'intérêt de sa gloire, changé après coup une harangue manquée en un chef-d'œuvre. Nous lui eussions voulu plus d'amour-propre, et cependant cette cendre garde encore sa chaleur ; il y a des moments où, en lisant M. Berryer dans le *Moniteur*, on ne le lit pas seulement, on l'entend. On rencontre de ces choses qui ne peuvent avoir été que parlées et n'auraient pu être ni pensées à l'avance ni écrites après coup. — Ainsi ce mot : « Tu m'en es témoin (16 juillet 1851) ! » adressé à un collègue, ami de son enfance, familiarité impardonnable si elle eût été préméditée, et qui ne fut pas seulement pardonnée, mais applaudie, parce qu'elle sortait du cœur, parce que c'était un de ces moments où l'orateur n'appartient plus à lui-même et où, comme put le dire M. Berryer, « il n'y a plus de préparation ». — Ainsi cet autre mot : « Il n'y a pas d'âme plus généreuse que la mienne, » après lequel, confus, il demandait pardon de son « arrogance », et la chambre applaudissait encore ; sa parole avait été au-delà de sa pensée, non pas au-delà du sentiment public. Nul orateur peut-être n'a parlé plus souvent de lui-même que M. Berryer, et n'a, en parlant de lui-même, trouvé un plus complet et plus habituel assentiment. On savait que cet égoïsme de langage n'était rien moins que l'égoïsme du cœur, c'était au contraire la plénitude du cœur ; il parlait de lui parce qu'il se sentait identifié avec la vérité qu'il défendait ; sa conviction, c'était lui-même.

Et cette même âme que je vous montre à la tribune parce que la tribune nous l'a fait voir à tous, sa famille, ses amis, ses confrères, les pauvres, disons mieux ses pauvres, l'ont vue ailleurs. Il y avait des heures matinales où cette porte bien connue de la rue Neuve-des-Petits-champs, encore fermée aux hommes de loi et aux hommes d'État, s'ouvrait aux malheureux. Je ne parle pas ici de ses pauvres d'Augerville ; grâce à lui, il n'y avait plus de pauvres à Augerville. Il n'était pas de ceux qui croient que l'aumône dégrade ; elle ne dégrade pas plus celui qui la reçoit que celui qui la donne. Mais, quand il le pouvait, et pour ne pas paraître faire tout le bien qu'il faisait, il dissimulait l'aumône sous une apparence de salaire. Ces travailleurs de sa charité n'étaient pas tous bien actifs, et lui-même, avec une bonhomie indulgente, racontait en riant de tout son cœur qu'il avait trouvé dans son parc un de ces ouvriers profondément endormi : « Et que fais-tu là, fainéant ? » lui avait dit M. Berryer. — « Ce que je fais là ? » avait répondu l'ouvrier sans se troubler ; « mais je gagne les trente sous de M. Berryer ! »

Honorons cette âme, et en même temps remercions Dieu de lui avoir donné pour la servir une intelligence si haute, d'avoir mis de tels dons à côté de tels mérites. Les facultés que la Providence nous a départies, voilà la part de Dieu dans notre vie ; l'usage bon ou mauvais que nous faisons de nos facultés, voilà notre part. Chez M. Berryer, la part de Dieu était belle ; le trésor qu'il avait été chargé de faire fructifier était d'une richesse merveilleuse. Sa mémoire (et ne peut-on pas dire que la mémoire est la moitié du génie ?), sa mémoire, de l'aveu de tous, était admirable. J'ai dit un mot de la promptitude et de la lucidité de son jugement ; son imagination si vive, son cœur si passionné ne l'empêchaient pas de discerner le vrai dans les questions les plus compliquées et les plus arides, à travers ces labyrinthes de chiffres où l'esprit se perd si souvent. Ceux qui ont vécu de la vie du barreau ou de la vie parlementaire savent combien, sans avoir reçu l'éducation de l'ingénieur ni celle du financier, M. Berryer était lumineux dans ces questions, combien il les étudiait et combien il y avait d'autorité.

Ce qui touche de plus près aux sentiments et aux idées qui nous réunissent, c'est cette faculté à laquelle je cherche un nom, sans trouver dans notre langue un mot assez général pour répondre à ma pensée ; cette aptitude qui est une sous des formes différentes : la sensibilité des organes, eût-on dit autrefois dans le langage d'une philosophie qui rabaissait tout. J'aime mieux dire « la poésie », en donnant à ce mot le sens le plus étendu qui peut lui être donné. Oui, M. Berryer était poëte sans avoir, que je sache, jamais rimé en sa vie ; mais, si par le poëte on entend l'homme qui en toutes choses a le sentiment du beau, qui s'émeut de tous les grands spectacles et de toutes les nobles pensées; qui repousse instinctivement tout ce qui est bas, M. Berryer était poëte. Il avait, je ne dirai pas seulement le goût des arts, mais l'émotion que donnent les arts ; un illustre peintre, son parent, Delacroix, hôte habituel d'Augerville, y trouvait avec une amitié fidèle une intelligence qui savait le comprendre. La musique, qui a tant de mystères même pour les connaisseurs et tant de charmes même pour les ignorants, avait pour lui un attrait, et exerçait sur lui une action singulière. Sans aucune instruction technique, de longs morceaux, des œuvres entières restaient dans sa mémoire ; et dans un salon où une main d'artiste touchait le piano, on le voyait recueilli, absorbé, ne se lassant pas d'entendre et pleurant. Dans une circonstance grave, la musique lui rendit un service qui ne peut s'expliquer que par l'extrême vivacité de ses impressions et l'affinité de son âme avec tout ce qui est harmonie. Il avait dû plaider pour M. de Chateaubriand appelé devant la cour d'assises ; mais, peu avant le jour fixé, l'illustre accusé s'était décidé à ne pas comparaître et M. Berryer ne songeait plus à sa plaidoirie. La veille de ce jour, à cinq heures du soir, M. de Chateaubriand change d'avis et réclame pour le lendemain l'assistance de M. Berryer. La pensée de l'avocat était bien loin de là, le plaidoyer qu'il n'avait pu qu'entrevoir ne s'était pas dessiné dans son esprit, le temps était bien court et l'inspiration faisait défaut. M. Berryer, troublé, inquiet, n'eut recours ni aux livres, ni au travail, ni à la réflexion; mais, hors d'état de travailler et pour remettre un peu de calme dans son intelligence, il alla entendre *Otello*. Bien plus qu'il ne l'espérait, sans doute, le charme opéra, l'harmonie des sons amena avec elle l'harmonie des pensées; le plaidoyer se fit dans l'esprit de M. Berryer et ce plaidoyer fut admirable. Son ami Rossini se trouva être l'inspirateur d'une des plus belles harangues politiques dont le barreau ait gardé le souvenir.

Si M. Berryer savait ainsi comprendre et admirer les œuvres des artistes humains, à plus forte raison était-il ému par les œuvres de l'Artiste suprême, dont les plus illustres génies d'ici-bas ne sont que de pâles copistes. Pour lui, chrétien et comme je le disais poëte, l'œuvre de Dieu passait bien avant celle de Raphaël et celle de Mozart. Je sais bien qu'Augerville, son Augerville, n'était pas seulement pour lui un beau lieu, un tableau destiné à ses yeux plus qu'à son cœur; c'était aussi le rendez-vous de ses amitiés, le lieu où il se retrouvait libre, dégagé, joyeux, jeune, enfant même, on peut le dire, avec ceux qu'il aimait. Mais bien souvent aussi il s'y trouvait seul, « ne causant, comme il l'écrivait, qu'avec les bourgeons qui vont s'ouvrir et les oiseaux qui font leurs nids », et, pour me servir encore de ses expressions, au milieu de « ces joies de la nature qui donnent de la jeunesse aux vieux cœurs ».

Il m'est tombé entre les mains un précieux témoignage de son goût pour les beautés de la nature et de son amour pour les belles œuvres littéraires. Une main amie a pu recueillir et garder l'exemplaire des *Géorgiques* de Virgile qui avait appartenu à M. Berryer et sur lequel des coups de crayon avaient marqué les passages qui lui plaisaient le plus. Ces muettes indications m'ont révélé bien des choses sur les sentiments et les goûts de celui qui les avait tracées. Quelquefois ses préférences, ses jugements, ses craintes politiques s'y font reconnaître; mais surtout on y sent son amour de la campagne, heureux de trouver là son expression et de se reconnaître comme en un miroir dans la poésie de Virgile. Par exemple lorsque le poëte dit :

Rura mihi et rigui placeant in vallibus amnes;
Flumina amem silvasque inglorius!.....

Et ailleurs :

At latis otia fundis,
Speluncæ vivique lacus et frigida Tempe,
Mugitusque boum mollesque sub arbore somni
Non absunt.....

M. Berryer souligne, et il écrit *Augerville.* Et moi, à mon tour, quand j'ai visité son Augerville, lorsque, dans cette vallée que les érudits du pays auraient voulu appeler du nom de Tempé, j'ai vu les arbres qu'il avait plantés, les rosiers qu'il taillait de ses mains, les eaux vives le long desquelles il se promenait, les magnifiques rochers entre lesquels il avait tracé des sentiers et dans le creux desquels il avait construit un rustique oratoire, lorsque j'ai entendu ses bœufs mugir et que je me suis assis au pied des arbres sous lesquels il se reposait, ces souvenirs virgiliens me sont revenus, et, reprenant le livre avec une pieuse curiosité, j'ai eu une joie singulière à étudier là Berryer expliqué par Virgile.

En cela, M. Berryer était peu de notre siècle. Notre siècle est froid pour les beautés de la nature et l'antiquité classique a perdu pour lui de son charme. M. Berryer, en effet, était du XIXe siècle par quelques-unes de ses idées plutôt que par ses goûts. J'estime volontiers l'homme qui n'est pas de son temps; au moins, il est lui-même. Il ne faut être l'esclave de personne; encore moins faut-il être l'esclave de tout le monde. S'il me fallait caractériser M. Berryer par un mot, je dirais que c'est un Français du XVIIe siècle initié aux idées de liberté du XIXe. Un Français par le cœur, je l'ai dit assez, un Français par la nature de son esprit, et, pour emprunter ce mot à un citoyen des États-Unis qui avait connu M. Berryer et qui était digne de le juger, « le plus complétement Français de tous les Français (1) ». Mais, prenons-y garde, M. Berryer n'est pas le Français du XVIIIe siècle chez qui l'ironie et le scepticisme gâtent parfois les plus nobles et les plus généreuses qualités. C'est le Français du XVIIe siècle, sincère, sérieux, auquel ni le respect ni l'admiration ne pèse. Nul homme peut-être à la tribune n'a fait moins que lui usage de l'ironie; il pouvait être familier, il pouvait être ardent, acerbe même, il pouvait aller jusqu'à la colère; mais, comme son maître Bossuet, il fut toujours sérieux, écra-

(1) The most thoroughly French of all Frenchmen. *Remembrances of Berryer*, by John Bigelow (ancien ministre des États-Unis en France). New-York, 1869.

sant son adversaire, mais ne le raillant pas. De là cette noblesse constante de son attitude, échappant d'autant plus à la raillerie qu'il ne la pratiquait ni ne la redoutait. Il aimait en toute chose la clarté lumineuse du goût classique ; en poésie, il allait jusqu'à M. de Lamartine, mais non au delà ; et puisque je vous ai rappelé ici un de vos deuils, notre deuil à tous, le nom d'un homme que Dieu avait traité comme M. Berryer, qu'il avait fait si complet et qui a eu des jours si glorieux ; laissez-moi vous dire que M. Berryer, plus de cinquante ans après le collége, passait quelques minutes de son loisir à traduire une des *Méditations poétiques* en vers latins. Dans sa demeure d'Augerville, où pendant tant d'années, comme il le disait, il avait tout fait pour se préparer une retraite, demeure jadis féodale, depuis longtemps revêtue de l'habit du XVIIe siècle, il y avait quelque chose de la magnificence calme, digne, sobre du temps de Louis XIV ; il y avait des portraits et des souvenirs de Henri IV, de Louis XIV, du grand Condé, puis des portraits et des souvenirs des Bourbons de nos jours ; rien qui rappelât la régence ou le règne de Louis XV.

Je m'arrête, Messieurs, et je sens le besoin de vous demander pardon de tant de détails. Veuillez vous rappeler que mes études personnelles m'ont trop souvent fait envisager les plus tristes côtés de la nature humaine ; je rencontre aujourd'hui, grâce à l'indulgence de votre choix, une face toute différente de l'humanité, et j'ai peine à me rassasier du bonheur d'admirer.

Tel fut donc M. Berryer et tel il était encore en 1868, approchant de sa quatre-vingtième année, sans s'être jamais démenti et sans avoir jamais eu besoin de se démentir. Cette dernière année le revit encore à la tribune revendiquant l'honneur et l'indépendance de la justice, sa vieille et constante affection. Cette même année le revit au barreau, défenseur devant les juges français de cette république américaine, dont il avait été trente ans auparavant l'adversaire dans les assemblées, et plaidant noblement la cause du peuple qui a vaincu l'esclavage. A l'assemblée et au barreau, il couronnait dignement sa vie. Sa carrière était complète, il avait scellé toutes ses convictions du sceau de cinquante ans de fidélité. Que lui restait-il à faire, que de mourir comme il avait vécu?

Cette mort, nous la connaissons. Quand il eut interrogé ses médecins et eut compris plus qu'on ne lui répondait, sa pensée fut d'abord de donner encore une satisfaction aux sentiments politiques qui lui étaient si chers, mais qu'il ne voulait pas mêler aux méditations de ses derniers jours. Il se fit conduire ou par choix ou par hasard sur la place Louis XV : « O ma sœur, dit-il à la religieuse qui l'accompagnait, tous mes rêves sont finis; si vous saviez pourtant comme j'avais fait de beaux rêves ! » Et, rentrant chez lui les yeux mouillés de larmes, il écrivait cette lettre que vous avez tous lue : dernière parole d'un mourant, devant lesquelles tous, quels que soient nos engagements et nos opinions, nous devons nous incliner; car elle a été écrite, à l'heure où personne ne ment, par un homme qui n'a jamais su mentir. A partir de ce moment, la politique de ce monde sembla effacée de sa pensée; il n'ouvrit plus même un journal; les regrets, les idées, les espérances de la vie publique ne reparurent pas une seule fois, même dans les rêves de son délire. Par cette lettre d'adieu, il s'était séparé de ce monde, même dans ce qu'il a de plus noble et de plus grand ; il allait à une autre grandeur et à une autre patrie.

Deux choses seulement devaient l'occuper encore, parce que ces deux choses traversent la tombe : la foi et l'amitié, toutes deux chez lui si fortes et si douces. Après avoir reçu la dernière assistance et la dernière consolation de l'Église, à cette heure où l'homme semble n'avoir plus qu'à souffrir et à attendre la mort, il voulut partir pour les lieux qu'il aimait tant. Augerville était aussi un ami, et d'autres amis devaient l'y accompagner. Ceux qui restaient se pressaient autour de lui, pleurant, répétant leurs adieux, serrant sa main une dernière fois et aimant à croire que ce n'était pas la dernière ; tant il avait retrouvé de vie pour partir ! Il put gagner Augerville et goûter une fois de plus la joie de l'enfant qui se retrouve sous le toit paternel : « Je suis content, disait-il, je vais mourir ici. Vous êtes tous autour de moi ; la mort peut venir, je ne la crains pas. » La mort vint en effet, douce envers lui comme il était doux envers elle. En face de ce soleil par lequel il aimait à être visité, à côté de la chambre où était morte la compagne de sa vie et que depuis longtemps il avait transformée en oratoire, ayant ainsi auprès de lui son Dieu et ses amis, aimant et aimé, priant et entendant prier, il termina ou plutôt il alla continuer ailleurs une des plus nobles existences qu'aient vues notre siècle et notre pays.

Ses funérailles resteront immortelles ; mais j'éprouve

une sorte de remords en pensant que je suis venu ici vous parler de M. Berryer après que tant d'autres, sous l'éloquente impression de la mort, en ont parlé ce jour-là. Les funérailles de M. Berryer ont été l'image de sa vie. Sa foi de chrétien avait été par lui si noblement écrite sur les murs mêmes de l'église qui allait le recevoir qu'une bouche éloquente put se dispenser de rien ajouter. Sa fidélité politique eut pour interprètes deux d'entre vous, Messieurs : l'un, digne héritier d'un des plus grands noms de notre pays ; l'autre, depuis longtemps uni dans la vie parlementaire à celui qu'on pleurait. Son amour pour les lettres fut rappelé en votre nom commun par la même voix qui, digne des plus hauts sujets et sachant descendre aux plus petits, veut bien m'accueillir au milieu de vous. Son zèle pour la défense des proscrits eut là pour témoins un fils du maréchal Ney et un ami de la maison d'Orléans. Le barreau, qui avait été pour lui comme une seconde famille, était venu, non-seulement de Paris, mais de toute la France, non-seulement de la France, mais de la Belgique et de l'Angleterre, témoigner de la fidélité avec laquelle avait été gardée cette noble devise *Forum et jus*. Des députations d'ouvriers rappelèrent son zèle pour les intérêts des classes populaires, grâce auquel une liberté nouvelle a été conquise pour l'homme qui travaille. Et enfin les larmes du village attestèrent la moins éclatante, mais la plus touchante de ses vertus, la charité. J'aurais dû me taire, Messieurs ; je viens trop tard à la suite de tels témoignages. Que dire après des voix aussi illustres, que dire surtout à côté d'aussi vivants souvenirs?

Au moins n'ai-je pas la crainte, forcé de rappeler ici des dissentiments qui nous ont divisés et nous divisent encore, d'avoir réveillé aucune amertume. Entre hommes de bien et hommes amis de leur pays, le dissentiment n'est jamais qu'à la surface, et au fond des cœurs reste toujours, avec l'estime mutuelle, le commun amour de la patrie qu'on a tous également voulu servir. M. Berryer le savait bien ; jamais homme n'a passé par tant d'orages et n'a conservé moins de haine. Nul n'a été plus vif dans le débat, nul après le débat n'a gardé moins longtemps sa colère : « Rappelez-vous, disait-il à un de ses amis politiques et de ses confrères de l'Académie, bien digne d'entendre un tel conseil, rappelez-vous cette première règle de la vie publique : N'avoir jamais une rancune ni un sentiment personnel. » Il avait été fidèle à cette maxime, et ceux qui luttaient contre lui y ont été fidèles. Il a été treize ans au milieu de vous, rapproché des hommes qu'il avait le plus combattus à la tribune ; les uns, qui dans leur glorieuse retraite ne portent plus le fardeau des affaires publiques, mais n'ont renoncé ni aux sollicitudes du patriote, ni aux lumineuses méditations du penseur ; les autres, demeurés dans la lice et dont la vieillesse se montre plus puissante et plus jeune que la jeunesse de leurs rivaux. Tous, en se combattant, n'ont appris qu'à se mieux connaître et à s'honorer davantage. En rapprochant ainsi les hommes qui se sont illustrés dans les rangs les plus opposés de la politique, l'Académie travaille pour sa propre gloire, mais aussi pour le bien de la France. Elle lui donne un grand exemple, elle lui enseigne comment est possible et combien est nécessaire cette union de toutes les intelligences et de tous les nobles cœurs. Ce qui se passe dans cette enceinte ne se verra-t-il pas ailleurs? Ne voyons-nous pas, dès à présent, dans les sphères les plus hautes de la politique, des hommes sortis des rangs les plus divers, mais unis par la loyauté de leurs sentiments et leur commun amour de la liberté, aider la puissance souveraine dans ce développement des franchises nationales qui ne sera pas seulement le couronnement, mais la consolidation de l'édifice?

Qu'il en soit partout de même! Que les hommes éclairés et les hommes de bien, n'abjurant pas, mais subordonnant les idées qui les divisent, s'attachent surtout aux sentiments qui les unissent! Que les périls de notre époque menacée par tant de passions effrénées et de folles théories soient pour eux un avertissement, et puisse leur alliance donner une force inébranlable à la paix, à la justice, à la liberté! C'est là, Messieurs, le vœu que je forme; c'est l'œuvre que vous accomplissez.

DISCOURS

DE

M. SILVESTRE DE SACY

4

DISCOURS

DE

M. SILVESTRE DE SACY

DIRECTEUR DE L'ACADÉMIE

EN RÉPONSE

AU DISCOURS PRONONCÉ PAR M. DE CHAMPAGNY

POUR SA RÉCEPTION

A L'ACADÉMIE FRANÇAISE

LE 10 MARS 1870

PARIS

LIBRAIRIE ACADÉMIQUE

DIDIER ET CIE, LIBRAIRES-ÉDITEURS

35, QUAI DES AUGUSTINS

1870

DISCOURS

DE

M. SILVESTRE DE SACY

Monsieur,

L'Académie ne s'est pas trompée en vous choisissant pour succéder à M. Berryer. Quel autre aurait mieux peint que vous la vie de votre illustre prédécesseur? Ne fallait-il pas la fidélité de votre plume d'historien, jointe à la juste émotion de votre cœur, pour ranimer, sous nos yeux, comme vous venez de le faire, le défenseur toujours prêt du droit et de la justice devant les tribunaux, l'orateur éloquent d'une grande cause politique à la tribune, l'homme aimable et bon dans cette retraite d'Augerville où M. Berryer a voulu mourir après y avoir passé les jours les meilleurs de sa vie, le chrétien demeuré fidèle à sa croyance, au milieu même des illusions de la jeunesse et du plaisir, et y puisant à la fin cette pieuse et ferme résignation qui est le seul courage vrai devant la mort ?

Heureuse la mémoire de M. Berryer d'avoir reçu ce solennel hommage d'une bouche aussi impartiale que la vôtre, Monsieur! N'ayant été ni l'ami ni l'adversaire de M. Berryer dans nos trop longues luttes, on ne vous soupçonnera pas d'avoir voulu, en exagérant son éloge, glorifier tout un parti dans un homme, ou vous montrer vous-même supérieur aux rancunes de la politique. Si quelqu'un pouvait essayer de se placer, dès à présent, au point de vue de la postérité, chose bien difficile! c'était vous. Il est permis de croire qu'en devançant son jugement, vous l'aurez préparé, et que le Berryer des temps à venir sera celui dont vous nous avez retracé l'image sous ces traits heureux et choisis qui fixent la ressemblance, et lui donnent quelque chose de plus vrai, on le dirait du moins, que la vérité même.

Je n'ai pas eu le même bonheur que vous, Monsieur. Mon obscurité, bien plus grande que la vôtre, ne m'a pas préservé des orages, ou du moins, des émotions de la politique. Dès ma première jeunesse, les journaux qui offraient un champ libre à ma passion d'écrire et de défendre la cause que je croyais la meilleure, se sont emparés de ma vie, et plus d'une fois, à mon humble place de journaliste, j'ai ressenti jusqu'au fond du cœur les coups que M. Berryer adressait à des têtes plus hautes que la mienne. Mais si vous avez sur moi l'avantage d'une constante impartialité, j'en ai un sur vous qui n'est pas médiocre : j'ai vu M. Berryer, je l'ai entendu bien souvent, lui-même, en personne, sur le double théâtre où tant de victoires, et des défaites aussi glorieuses que des victoires, ont illustré son éloquence, au barreau et à la tribune. Je défie qui n'a pas vu M. Berryer enfanter, pour ainsi dire, un discours sous l'inspiration du moment, qui n'a pas eu les oreilles charmées de sa voix, les yeux fascinés par ses gestes, l'âme troublée par l'accent de ses paroles, de se rendre compte, à la simple lecture d'une sténographie morte, des prodigieux effets oratoires dont nous avons été les témoins. On n'imagine pas ce que devenait une phrase, un mot, un cri dans la bouche de M. Berryer !

Me pardonnera-t-on de placer ici un souvenir tout personnel? J'assistais pour la première fois, et bien jeune encore, à une plaidoirie de M. Berryer. Il s'en fallait de plusieurs années qu'il n'eût atteint l'âge qui devait lui ouvrir la tribune ; mais déjà l'honneur qu'il avait eu de partager la défense du maréchal Ney avec M. Dupin, et d'arracher, tout royaliste qu'il était, le général Cambronne à une justice réactionnaire ; l'originalité et la distinction de son talent, d'éclatants succès dans un grand nombre de causes civiles et criminelles, lui donnaient parmi les avocats le rang d'un orateur de premier ordre. Ce jour-là, c'était pour un vieux royaliste, M. Michaud, attaqué sourdement par un ministère royaliste, celui de M. de Villèle, dans sa position de rédacteur en chef du plus ancien et du plus fervent des journaux royalistes, *la Quotidienne*, que devait plaider l'avocat royaliste par excellence, M. Berryer. En attendant le jugement du fond, on disputait à M. Michaud jusqu'au droit de conserver provisoirement ses fonctions de rédacteur en chef. Une foule immense, de tous les partis, de tous les âges, se pressait autour de l'avocat et devant les banquettes vénérées de la cour royale ayant à sa tête le magistrat en qui elle semblait se personnifier tout entière, M. Séguier. Quel spectacle et quelle attente! Au moment où je vous parle, Monsieur, le temps s'efface, mes souvenirs raniment toute cette scène ; je vois M. Berryer, sa noble tête, ses yeux pleins de feu ; je l'entends, après avoir rappelé tout ce qu'avait souffert pendant la révolution M. Michaud emprisonné, proscrit, menacé de mort pour la cause royaliste, s'écrier, Dieu sait de quel accent, ou plutôt de quelle âme : *Et personne alors ne lui disputait le provisoire!* Pensez, Monsieur, si nous applaudissions!

Est-ce en moi cette illusion naturelle qui nous fait toujours prendre pour le temps le plus beau celui où nous étions le plus jeunes? Mais comme il me semble qu'alors le soleil avait plus d'éclat, le printemps plus de grâce et de fraîcheur ; il me semble aussi que partout, dans les salons, dans le monde des arts et des lettres, au théâtre, au barreau, et jusque dans la chaire chrétienne, se faisait sentir une vie, un entrain, une chaleur que je cherche et que je ne retrouve pas. Je parle du barreau. Que de noms se pressent dans ma mémoire à côté de celui de M. Berryer! Dupin aîné, Philippe Dupin, Barthe, Delangle, Mauguin, Hennequin et mille autres! Je ne veux nommer que ceux qui ne sont plus. Les procès politiques avaient la vogue alors. Le public accourait aux audiences solennelles, remplissait la cour d'assises, encombrait la police correctionnelle. Il était dit que tous les partis auraient leur tour devant les tribunaux. Le parti libéral y comparaissait dans la personne de Béranger, de Paul-Louis Courier, de Benjamin Constant. O temps d'innocence et de candeur! Ce que l'on qualifiait d'excès alors, ce que la justice condamnait rigoureusement, effleurerait à peine maintenant notre sensibilité endurcie. Dans cette moisson de prévenus auxquels la noblesse et le clergé fournissaient leur contingent, M. Berryer avait pour sa part l'abbé de Lamennais, M. de Chateaubriand. Il devait en avoir bien d'autres lorsque tant de révolutions l'eurent refoulé, lui, l'homme d'un principe immuable, dans une opposition permanente où il était sûr de rencontrer, tôt ou tard, comme vaincus et comme clients, ceux qu'il avait le plus attaqués comme adversaires et comme vainqueurs. Rôle d'avocat et d'homme de parti, si l'on veut, mais que M. Berryer remplissait avec un zèle et un talent que l'âge même n'a pas refroidis; et plût à Dieu que dans ce siècle où les passions politiques ont si souvent fait couler un sang généreux, il se fût toujours trouvé un Berryer pour faire prévaloir l'humanité devant la justice et conserver à la patrie tant d'hommes capables de l'honorer par leurs talents et leurs vertus dans les jours de tranquillité, de la sauver par leur courage dans les jours de péril!

C'était encore une cause, une grande cause, que M. Berryer devait défendre à la tribune avec un courage qui n'a jamais faibli, une éloquence qui ne s'est jamais lassée, du jour où l'âge lui eut enfin ouvert les portes de nos assemblées politiques jusqu'à celui où il a quitté ce monde. Je me garderai bien de refaire après vous, Monsieur, le tableau de la vie politique et parlementaire de M. Berryer. Que pourrais-je y ajouter, que quelques réserves peut-être? et je me les reprocherais dans un jour surtout comme celui-ci. Je craindrais que le grand orateur ne soulevât la pierre de son tombeau pour me demander de quel droit je réveille des discussions éteintes, et j'impute à sa mémoire ce qu'il ne faut imputer qu'aux événements mêmes qu'il avait tout fait pour prévenir! Ne me dirait-il pas que, sans le défi jeté à toutes ses convictions par la révolution de juillet, sans la plaie inguérissable faite à son cœur par la chute du trône légitime, la royauté, la liberté, l'honneur national n'auraient pas eu, pour les défendre, de bouche plus éloquente que la sienne, d'ami plus sage pour les concilier? Ah! qu'il est triste de vivre dans un siècle d'instabilité! M. Berryer se doutait-il, lorsqu'en 1830 il entrait dans cette chambre si longtemps fermée à son impatience royaliste et qu'il y prononçait contre la fameuse adresse des deux cent vingt et un un discours qui le plaça du premier coup parmi les puissants de la parole, qu'il n'en prononcerait pas d'autre sous le règne de Charles X, et que ce discours serait comme l'oraison funèbre de cette restauration qu'il aimait tant?

Avec la royauté légitime, la seule du moins dont M. Berryer pût reconnaître la légitimité, tombaient toutes les espérances et ce qu'il a lui-même appelé tous les rêves de sa vie. Une noble fatalité l'enchaînait à l'opposition. Lié d'esprit et de cœur à un principe absolu qu'il avait embrassé dès sa jeunesse comme l'unique asile de l'ordre et de la liberté, la logique et la passion ne voulaient-elles pas qu'il ne vît dans le triomphe d'un autre principe qu'anarchie et que désordre, et qu'il combattît même, avec toute l'ardeur d'un croyant, ceux dont les efforts courageux tentaient d'en faire sortir autre chose? Voilà comment l'homme de la monarchie a pu quelquefois, sans se démentir et par une conséquence même de sa fidélité, parler et voter avec les partis les moins monarchiques. Position délicate, et dont M. Berryer seul était capable de surmonter les difficultés. Quand on parcourt tout ce qu'il a laissé de discours dans nos annales parlementaires pendant une si longue carrière, on peut quelquefois le trouver passionné jusqu'à l'injustice ; il est impossible de ne pas admirer son courage, sa persévérance, et la prodigieuse variété des formes sous lesquelles il ramène son auditoire et revient lui-même à une conclusion qui ne varie pas. Politique étrangère et politique intérieure, questions de finances, d'administration et de législation civile, tout lui est propre, tout semble lui être familier, tout devient entre ses mains une arme de combat. Son isolement même fait sa force et l'investit d'une sorte d'inviolabilité : il est roi à la tribune par le droit de la défaite et du malheur, comme il l'est par son éloquence. Quelles luttes ! et avec quels hommes M. Berryer n'a-t-il pas eu à se mesurer, de la monarchie de 1830 à la république de 1848, et de celle-ci jusqu'à l'avant-dernière session du Corps législatif! La postérité seule assignera à chacun le rang qu'il doit avoir. Tout ce que je sais, c'est que M. Berryer n'aurait pas été si grand s'il n'avait pas eu affaire à des adversaires aussi grands que lui.

De toutes les choses qui peuvent combler les désirs d'un noble cœur, qu'a-t-il donc manqué à M. Berryer, si ce n'est le pouvoir, et faut-il l'en plaindre? N'est-ce pas plutôt son honneur? L'avouerai-je cependant, Monsieur? Je suis de ceux qui le regrettent : je le regrette pour la France, qui n'a pas trop, dans les jours difficiles qu'elle traverse depuis si longtemps, de tout ce que la Providence fait naître dans son sein d'âmes capables de porter le poids du gouvernement; je le regrette pour M. Berryer, dont le caractère et le talent n'auraient pu que grandir encore dans la grandeur des devoirs qui lui auraient été imposés. On l'a bien vu en 1848! A cette époque où le péril public ralliait les honnêtes gens de tous les partis et appelait tous les bons citoyens sur la brèche, M. Berryer se surpassa lui-même. Quel auxiliaire l'autorité, toujours plus ou moins menacée chez nous, n'aurait-elle pas trouvé en lui! L'accuserait-on aujourd'hui d'avoir été un ambitieux? Puéril reproche! Qu'y a-t-il de plus légitime dans les gouvernements libres que l'ambition du pouvoir, ne fût-ce que comme contre-poids nécessaire à l'ambition de la popularité? N'oserait-on le louer de son désintéressement? Et pourquoi donc? Ne voyons-nous pas, assis modestement parmi nous, un homme qui a eu pendant des années le pouvoir entre les mains, qui l'a exercé avec éclat, et dont les plus désintéressés auront toujours bien de la peine à égaler le désintéressement?

Peut-être, il est vrai, M. Berryer n'aurait-il pas eu des funérailles aussi populaires; tous les partis ne seraient pas venus déposer leurs hommages sur sa tombe; cela ne s'est jamais vu pour un ministre, pas même pour un ministre ayant depuis longtemps cessé de l'être. Peut-être, dans un jour de délire, une foule aveugle l'eût-elle poursuivi de ses cris injurieux; mais qu'importe? On n'en a pas moins un nom immortel dans l'histoire, et la renommée de M. Berryer n'eût pas souffert d'être placée dans l'avenir à côté de celle de tant d'hommes d'État illustres, des de Witt, par exemple, dont la vie ne serait pas si glorieuse sans l'injustice populaire qui en a consacré la fin!

Comme moi, sans doute, Monsieur, vous avez souvent entendu faire une dernière question. De sa gloire même d'orateur, de cette gloire si chèrement payée et si noblement acquise par toute une vie de dévouement et de travail, que restera-t-il à M. Berryer? Soyons justes: que reste-t-il à Mirabeau de la sienne? Son nom est dans toutes les bouches; il l'a gravé sur le roc inébranlable de la révolution française. Relit-on ses discours comme on relit les oraisons funèbres et les sermons de Bossuet? De tant d'orateurs qui ont brillé dans cette Athènes et dans cette Rome, où l'on ne connaissait que deux moyens de s'élever au-dessus de la foule, la guerre et la parole, combien y en a-t-il dont il nous soit parvenu autre chose que les noms? Eux, cependant, le temps ne leur manquait pas pour choisir leurs mots, et composer leurs périodes selon toutes les règles de l'art. Demandez donc à l'orateur moderne, au milieu des occupations qui le pressent, de s'attacher à ces minutieuses études de style! Et sans le style, pas d'avenir! Je soupçonne que Démosthène et Cicéron eux-mêmes, s'ils n'avaient eu qu'une heure pour corriger le soir leurs improvisations du matin, ne nous auraient pas laissé ces fameuses oraisons qui seront le type éternel de l'éloquence politique et judiciaire.

Immortaliser ses œuvres, c'est le comble de la gloire. Immortaliser son nom, c'est encore une gloire immense. Dès à présent, celle-ci est acquise à M. Berryer. Dans l'histoire de la tribune française, son nom figurera à jamais parmi les plus grands.

Vous avez peint l'homme, Monsieur. Un mot sur l'académicien pour compléter le portrait. M. Berryer aurait pu s'autoriser de son âge, de ses occupations, de sa renommée même pour négliger un peu les modestes séances de l'Académie. S'il n'y était pas toujours, il y était souvent, il paraissait y être avec plaisir, et apportait au milieu de nous, avec une grâce et une cordialité charmantes, un esprit fin, un goût juste et sûr. Ce grand orateur, qui disait de lui-même avec une bonhomie qui aurait désarmé la critique, quand cela eût été aussi vrai que cela était faux, qu'il ne savait ni lire ni écrire, n'était étranger à aucune des délicatesses de la langue; il en distinguait toutes les nuances, en sentait toutes les difficultés, et aidait les plus habiles à en résoudre les problèmes. L'aimable simplicité de ses manières allait au cœur. Si l'on ne voulait pas aimer M. Berryer, il fallait ne le pas voir. Dès qu'on l'avait vu, on l'aimait. Vous-même, Monsieur, qui ne l'avez guère connu que sur ouï-dire, le charme ne vous a-t-il pas gagné en étudiant sa mémoire? Vous avez causé avec ceux qui l'aimaient et vous l'avez aimé. Homme d'un parti exclusif, M. Berryer a eu des adversaires dans tous les partis qui n'étaient pas le sien ; des ennemis, jamais ! Ce mot ne suffirait-il pas à son éloge ?

Vous aussi, Monsieur, permettez-moi de vous le dire en face, vous êtes un homme de parti. Vos œuvres portent toutes l'empreinte profonde du parti dont vous êtes; mais, plus heureux que M. Berryer, votre parti est celui d'une légitimité contre laquelle aucune révolution ne prévaudra jamais, la légitimité de la foi chrétienne! Oui, Monsieur, vous êtes chrétien toujours, partout, avant tout. C'est votre honneur, votre mérite, et le trait caractéristique qui frappe d'abord quand on lit tout ce qui est sorti de votre plume.

N'est-ce pas cette pieuse tendance de votre esprit qui vous a fait choisir depuis tant d'années, pour le sujet de vos études, l'histoire de l'empire romain, depuis César et Auguste jusqu'à Constantin? Là, en effet, à côté du monde antique qui s'affaisse et s'écroule presque également sous les bons et sous les mauvais empereurs, vous rencontriez le christianisme qui s'élève et se propage avec une rapidité inouïe. D'une part, rien n'arrêtera la décadence, ni le génie militaire et les exploits d'un Trajan, ni l'habileté diplomatique d'un Adrien, ni les douces vertus et la haute sagesse d'un Antonin et d'un Marc-Aurèle. La proie est déjà prête pour les barbares. Rome est promise à ces hommes du Nord qui s'avancent pour la dévorer. De l'autre, rien ne ralentira le progrès. Aucune persécution, aucune violence n'empêchera le christianisme de s'étendre et de multiplier ses conquêtes. Il se propagera dans la paix par le prosélytisme d'une libre prédication, et plus encore par la sainte contagion de ses vertus et de ses mœurs ; dans la persécution par le sang de ses martyrs et par l'héroïque fermeté de leur exemple. Les barbares eux-mêmes deviendront sa proie. Que d'abaissement et que de gloire! Quels abîmes de corruption et de vices ! Quels prodiges de pureté et de vertu ! Que de ruines, et, sur ces ruines, quelle majestueuse restauration d'un empire qui ne finira pas ! Tout autre sujet aurait-il pu tenter davantage votre talent et répondre mieux aux aspirations de votre cœur?

Quatre parties composent aujourd'hui ce grand ouvrage, et ont fait l'objet de quatre publications successives. Vos Césars ont paru d'abord. C'est l'histoire de la dynastie césarienne proprement dite, ou des six Césars dont le premier fut le vainqueur de Pharsale, et le dernier, Néron. Auguste affermit l'empire par quarante années d'un gouvernement habile et modéré. Tibère inaugure une politique de barbarie que ses successeurs n'imiteront que trop. Sous le règne de celui-ci, le grand sacrifice s'accomplit sur le Calvaire ; sous Néron, saint Pierre et saint Paul souffrent le martyre à Rome, et les deux histoires commencent à suivre leur marche parallèle.

Est venue ensuite, dans l'ordre de vos publications comme dans celui des événements, l'histoire de cette guerre fameuse qui eut pour résultat politique l'élévation de la famille Flavienne à l'empire avec Vespasien et

Titus, et pour résultat religieux un accomplissement tellement littéral des prédictions évangéliques par la destruction du temple et de la ville de Jérusalem que les faits simplement racontés semblent n'être qu'un commentaire vivant de la prophétie. Vos deux volumes, intitulés *Rome et la Judée*, ne sont que le développement ingénieux de cette pensée. L'Académie les a couronnés dans ses concours ; n'était-ce pas déjà vous appeler à la place où nous sommes heureux de vous voir aujourd'hui?

La même récompense a été décernée à votre tableau du siècle appelé le siècle des Antonins. Age heureux ! Moment de repos bien court accordé au monde entre ce Domitien, le frère indigne de Titus, et ce Commode, le fils plus indigne encore de Marc-Aurèle ! Le christianisme continue sa marche ; sa douce influence pénètre de plus en plus dans les lois et dans les mœurs. On sent quelque chose qui rafraîchit l'âme en lisant vos Antonins, Monsieur, et comme une gracieuse rosée après une journée brûlante.

Trois derniers volumes, tout récemment publiés, conduisent votre ouvrage jusqu'à l'avénement de Constantin et le couronnent par le triomphe du christianisme, sorti tout sanglant encore de la dernière et de la plus violente des persécutions, celle de Dèce et de Dioclétien.

Le drame finit là. Il est aisé de voir, par la date même à laquelle vous vous arrêtez, où en est pour vous tout l'intérêt, et qu'au milieu de ses longues péripéties, une pensée unique a dominé votre esprit, la pensée chrétienne.

Est-ce une critique que je vous adresse, Monsieur? Non, encore une fois, c'est un éloge. Beaucoup d'autres mérites, je le sais, recommandent votre ouvrage, une haute intelligence des faits et des hommes, des caractères dessinés d'une main ferme et sûre, un récit qui attache, même après Tacite et Suétone. A l'exposition des faits d'une époque vous joignez toujours des considérations pleines d'intérêt sur les mœurs publiques et privées, sur la marche des lettres, des arts, de la législation et de la philosophie. Rien de ce qui constitue les ressorts et la vie d'un État, commerce, agriculture, organisation financière, militaire, administrative, n'échappe à votre attention et à vos recherches. Mais tout cela, c'est votre livre, ce n'est pas vous. C'est le résultat laborieux de vos études, ce n'est pas votre inspiration. Votre âme est ailleurs ; elle est dans cet attrait qui vous ramène, presque malgré vous, vers ces chrétiens bafoués, honnis, persécutés, mais plus grands et plus forts que ceux qui les honnissent et qui les persécutent. C'est une passion chez vous, soit ! Passion heureuse dans pareil sujet, car vous lui avez dû les deux qualités qu'on demande, avant tout, à l'historien, l'exactitude et la couleur.

Voulût-on, en effet, se borner au premier de ces deux mérites, l'exactitude et la fidélité, serait-il permis aujourd'hui de renvoyer aux annales ecclésiastiques les détails d'un fait aussi grand que celui de l'établissement du christianisme ? Nous ne sommes plus au temps où Gibbon, écrivant aussi l'histoire des empereurs romains, prenait dédaigneusement son microscope d'incrédule pour apercevoir les premières traces d'une petite secte appelée l'Église chrétienne, et en expliquait les rapides progrès par des causes avec lesquelles on n'expliquerait pas la moindre des révolutions ordinaires. Nous entendons l'histoire d'une manière plus large ; nous y portons un esprit plus éclairé et plus libre. Nous ne mesurons pas l'importance des événements à leur grosseur apparente. Ce qui se passait obscurément dans les catacombes, et que nous révèlent tous les jours les progrès de l'archéologie chrétienne, nous intéresse plus, et avec raison, que ces éternelles émeutes de soldats transportant à prix d'or un lambeau de pourpre des épaules d'un César sur celles d'un autre César. Nous détournons volontiers nos regards de tous ces temples qu'élevait la politique impériale et auxquels il manquait un vrai Dieu pour les habiter, de vrais croyants pour les remplir, tandis que nous les arrêtons curieusement sur cette humble basilique chrétienne qui n'ose sortir pour la première fois de terre qu'en se cachant dans un faubourg, mais qui sous ces pauvres apparences annonce déjà au monde la future métropole de la foi universelle !

Ne cherchât-on, au contraire, que l'art, le mouvement, l'intérêt, qui ne sait que le drame historique, comme tous les drames, ne vit que de variétés, d'oppositions, de contrastes? La variété, où l'auriez-vous trouvée, Monsieur, dans ces lugubres scènes toujours les mêmes, que la plume de Tacite se fatigue à retracer, et que l'on pourrait appeler le martyrologe païen ? Le martyrologe chrétien vous en offrait d'autres, d'une couleur bien différente, des prodiges d'obéissance sans bassesse, de courage sans arrogance, des morts pleines de confiance et d'allégresse, à côté de ces morts stoïciennes souvent volontaires, toujours intrépides, mais sombres et sans espoir. Toute la sagesse païenne vous aurait-elle fourni pour placer en regard de ces vies souillées de tous les vices et de tous les crimes des tableaux d'innocence et de pureté pareils à ceux que vous avez pu prendre au hasard dans la vie des saints? L'âme se repose avec délice sur ces adorables légendes. Elles sont vraies dans leur esprit, quand elles ne le seraient pas toujours dans leurs détails. On ne les aurait pas inventées si l'on n'avait pas vu quelque chose de semblable. Encore ne fait-on des romans historiques qu'avec l'histoire !

A son tour, combien le spectacle des mœurs et des habitudes païennes, même chez les plus modérés et les plus sages, ne fait-il pas ressortir tout ce que ces chrétiens, si méprisés, apportaient au monde de vertus nouvelles et de régénération sociale ! Le calcul serait long des vices réformés, des scandales prévenus, des douleurs épargnées aux faibles, des existences même sauvées par ces institutions chrétiennes dont nous jouissons sans y penser. Qui ne sait, pour n'en citer qu'un exemple, le peu de prix que les lois attachaient à la vie d'un enfant nouveau-né chez les nations païennes les plus policées, et le prix immense que lui donne chez nous le christianisme par l'institution du baptême? Observance surannée pourtant, s'il fallait en croire quelques-uns de nos fiers penseurs, cérémonie ridicule dont il est temps que la raison fasse justice ! Ce sont les femmes qui tiennent encore à cette vieille superstition. Ah! c'est qu'à défaut même des motifs qu'elles puisent dans leur foi, un sentiment de compassion les avertirait tout seul que le baptême, qui sauve l'âme de ces chères et frêles créatures, protége aussi leur vie dans bien des cas contre les tentations du désordre ou de la misère, avant le baptême, par la nécessité religieuse de le recevoir, après le baptême, par je ne sais quelle empreinte divine qu'il laisse sur ceux qui l'ont reçu. J'en appelle à toutes les mères! Qu'elles nous disent ce qu'elles ressentent de joie sur leur lit de douleur quand on leur rapporte leur enfant baptisé! Ce n'est plus seulement le doux fardeau qu'elles ont porté pendant neuf mois dans leur sein, c'est quelque chose de sacré : l'enfant de l'homme est devenu l'enfant de Dieu! Bien peu de cœurs, grâce au ciel, même parmi les plus dépravés, échappent encore à ce que l'on appelle une superstition, et que nous appelons une noble et sainte croyance. Supprimez, avec le baptême, le temps qu'il donne à la réflexion, le scrupule qu'il oppose aux premières suggestions de l'égoïsme ou de la débauche, et bientôt peut-être on sera aussi barbare à Paris qu'on l'était à Rome, et qu'on l'est encore à Pékin.

Le temps est-il loin de nous où l'on a pu voir ce que deviendrait notre civilisation si jamais l'orgueil l'aveuglait assez pour qu'elle osât renier le principe qui la rend, seul, impérissable? Les mêmes mains qui fermaient les églises dressaient l'échafaud, et, pendant que le plus saint des sacrifices ne se célébrait plus que dans de nouvelles catacombes, une idole impure, pire que toutes les idoles païennes, promenait pompeusement son infamie dans nos rues, à la honte de la raison qu'elle était censée représenter, et d'un siècle qui avait quelque droit de se dire le plus éclairé des siècles! Quand nous lisons dans Tacite ou dans Suétone les scènes sanglantes dont

Rome était tous les jours le théâtre sous le règne d'un Tibère ou d'un Néron, un doute se présente naturellement à l'esprit : Est-ce bien vrai ? Des hommes élevés à l'école des lettres et de la philosophie ont-ils pu vivre tranquillement sous un pareil régime, accepter une pareille tyrannie ? Peut-on croire que le fils d'Agrippine et de ce Germanicus tant aimé des Romains, privé d'aliments dans sa prison, ait été réduit, pour prolonger son agonie de quelques heures, à dévorer la laine de son matelas, ou que le bourreau, avant d'étrangler la fille de Séjan, une enfant qui ne savait pas même ce qu'on lui voulait, se soit mis en règle avec la loi qui lui défendait d'exercer son ministère de mort sur une vierge ? Vous en doutez ? Souvenez-vous du Dauphin au Temple ! Le fils de Louis XVI n'a pas été mieux traité que la fille de Séjan ou que le fils de Germanicus, et le cordonnier Simon en aurait remontré au bourreau de Tibère !

Ne soyons pas trop fiers. Rien de plus trompeur que les dehors de la civilisation ! Rome n'a jamais été plus civilisée qu'aux jours de sa décadence. Nous jouissons de tous les monuments des arts ? La Rome d'Adrien en avait de plus beaux. Nous avons des poëtes et des orateurs ? Rome vieillie en regorgeait. Les élégances de la vie ne sont pas plus connues et plus recherchées à Paris qu'elles ne l'étaient à Rome à la veille de l'invasion des barbares. Notre humanité même est un fruit du christianisme qui tomberait avec l'arbre qui le porte. C'est une réflexion que le sujet de votre livre vous a souvent donné l'occasion de faire, Monsieur, et qu'il est impossible de ne pas faire avec vous.

Sur un autre point bien différent et tout historique, j'ose n'être pas de votre avis. Le christianisme aurait-il sauvé l'Empire, si l'Empire se fût fait chrétien cent ans plus tôt? Vous semblez le croire. J'incline, au contraire, à penser qu'en adoptant le christianisme avant l'époque, l'Empire l'eût entraîné dans sa décadence. Trois siècles de persécution n'étaient pas trop pour laisser à la jeune plante le temps de croître et de se fortifier dans son isolement. Le triomphe prématuré des chrétiens eût été leur perte. Ils se seraient bien vite confondus dans la foule et ne lui auraient donné leur foi qu'en prenant ses mœurs. N'avez-vous pas remarqué vous-même, Monsieur, que lorsque la persécution se ralluma sous Dèce et sous Dioclétien, une paix assez longue avait presque éteint le courage du martyre dans l'Église? Les apostasies furent nombreuses; la ferveur ne renaquit que sous la hache.

Comment d'ailleurs le christianisme, par l'effet seul de son influence morale, aurait-il arrêté la dépopulation des campagnes, rétabli l'ordre dans les finances, fait refleurir le commerce et l'industrie, rendu un peu de liberté aux provinces, rallumé l'esprit militaire dans les légions? Les causes de la décadence remontaient trop haut. La république les avait transmises à l'empire, et l'on s'étonne moins des récits de Tacite quand on a bien lu ceux de Tite-Live. Qu'étaient donc les Césars, sinon les successeurs très-naturels de ces proconsuls et de ces dictateurs qui n'avaient conquis le monde qu'en le remplissant de sang et de carnage? Les barbaries d'un Caligula ou d'un Néron pouvaient-elles surprendre beaucoup un peuple qui se souvenait encore, non-seulement des proscriptions de Marius, de Sylla et d'Octave, mais des cinq mille citoyens assommés à coups de bâton dans la lutte du sénat contre les Gracques? N'avait-on pas vu sous cette république du dernier siècle, que le bon Montaigne nous représente comme la chose publique la plus florissante du monde, un Clodius courir les rues à la tête d'une troupe de bandits stipendiés, pillant, brûlant, tuant tout ce qu'il rencontrait; un Saturninus se faire assiéger dans le Capitole et y périr sous les tuiles qu'on arrachait du toit pour l'en accabler? A chaque élection de magistrats, le sang n'inondait-il pas le forum, à moins que les candidats ne s'entendissent entre eux pour acheter ce qu'ils voulaient bien ne pas se disputer les armes à la main? Que faisaient les prétoriens en vendant l'empire, sinon ce qu'avait fait tant de fois le peuple en vendant le consulat? Le germe de la décadence, on le trouverait peut-être jusque dans les temps qui passent pour les plus beaux et les plus purs de Rome. Que pouvait le christianisme à toutes ces vieilles causes de destruction et de ruine? Il aurait fallu faire rebrousser les siècles et changer toute l'histoire; le christianisme le pouvait-il?

Ce ne sont pas même les grands hommes qui ont manqué à la Rome impériale. Trajan, Pertinax, Aurélien, pouvaient, sans rougir, placer leurs images à côté de celles des Camille et des Scipion. Une sagesse plus douce et plus haute que la sagesse tant vantée des deux Caton échauffait le cœur et réglait l'âme de Marc-Aurèle. Vous le dirai-je, Monsieur? Dans les éloges que vous ne refusez pas à ces grands hommes, on désirerait quelquefois que votre cœur n'eût pas l'air de regretter ce que votre justice leur accorde. Le christianisme a fait assez de bien au monde pour qu'il ne soit pas nécessaire de grossir sa part de la part d'autrui, et de ramasser, pour lui en faire honneur, tout ce qui est clémence, bonté, justice dans les lois et dans les actes de ces Antonins, une des plus pures gloires de l'humanité. On peut laisser aussi, je crois, le stoïcien Sénèque au paganisme. Je lui envierais bien davantage Platon. Il est au moins fort douteux que Sénèque ait eu des rapports avec saint Paul, et l'orgueilleux auteur des lettres à Lucilius aurait, en tout cas, bien mal profité des humbles leçons de l'apôtre de la grâce.

Vous me pardonnerez ces petites critiques, Monsieur, et vous n'y verrez, j'en suis sûr, qu'une preuve de plus du soin et de l'intérêt avec lesquels on lit des ouvrages aussi graves et aussi importants que les vôtres. Fussiez-vous coupable de quelques fautes bien légères, le public vous a absous. Des éditions répétées attestent le bon accueil qu'on a fait à votre travail. Vous l'amènerez aisément à la perfection dans une édition définitive, et vos *Études sur l'empire romain*, supérieures pour le fond et pour la forme, à tous les livres du même genre qui les ont précédées, les remplaceront entre les mains de tout le monde.

Parmi vos titres académiques, je me reprocherais d'autant plus d'oublier le volume où vous avez esquissé d'une plume si touchante le tableau de la charité chrétienne dans les premiers siècles de l'Église, qu'il est un de ceux que l'Académie française a couronnés. Grâce à Dieu, de toutes les vertus antiques, c'est à cette céleste charité que nous sommes restés le plus fidèles, et peut-être, en ce moment même, sous ces toilettes élégantes, plus d'une âme charitable attend-elle la fin de la séance pour aller porter ses consolations et ses secours à un pauvre malade dans un hôpital, ou à quelque famille indigente dans le misérable grenier qu'elle habite.

Comment encore passer sous silence un petit écrit de circonstance qui vous honore à un double titre? La date de sa publication rehausse son mérite, et les événements semblent lui avoir donné quelque chose de prophétique. Il a paru dans ces années d'agitation et de sombre inquiétude qui suivirent la Révolution de 1848; il est intitulé: *Un examen de conscience*. Tout le monde se frappait la poitrine alors; on eût dit qu'une voix du ciel nous eût fait entendre la terrible sentence: « Encore quarante jours, et Ninive sera détruite! » Ninive avait été bien près de l'être, en effet, dans les sanglantes journées de juin, et les plus humbles confessions ne coûtaient à personne. Les honnêtes gens se tendaient la main sans distinction de parti. Toutes les divisions étaient oubliées pour défendre en commun les trois grands intérêts sociaux: la religion, la famille, la propriété. Pouviez-vous, Monsieur, ne pas apporter votre concours à cette ligue vraiment sainte? Deux libertés éveillaient surtout votre sollicitude et vous paraissaient en péril: la liberté religieuse, parce que la religion est le premier frein que toute anarchie veut briser, l'obstacle le plus gênant que rencontrent les rêveurs fanatiques d'une refonte sociale ; et la liberté personnelle, qu'on oublie trop souvent en France quand on veut fonder la liberté générale, comme si tout le monde pouvait être libre à titre de citoyen lorsque personne ne l'est à titre de particulier.

Votre livre, Monsieur, a repris de l'à-propos ; il est aussi bon à lire aujourd'hui qu'il y a vingt ans, et la réflexion qu'il suggère terminera naturellement ce discours.

Loin de moi la pensée d'assimiler les temps et les circonstances ! Il ne s'agit pas d'étouffer l'anarchie presque triomphante, il s'agit de l'empêcher de renaître. La liberté est rentrée dans nos institutions ; elle y est rentrée sous les auspices du plus généreux des princes. La main puissante qui avait mis un frein à la tempête dans une heure de suprême péril, trace maintenant au vaisseau le sillon qu'il doit suivre pour arriver à ce port, entrevu tant de fois déjà depuis quatre-vingts ans et toujours manqué, d'une liberté régulière et sage. Le moment est critique et décisif. Ah ! si ce jour pouvait être celui d'une réconciliation entre tous les esprits sensés, tous les cœurs droits, nous aurions enfin fondé quelque chose, et 1870 tiendrait ce que 1789 a promis ! C'est le vœu que vous exprimiez tout à l'heure, Monsieur, et auquel je m'associe de toutes les puissances de mon âme ! Les honnêtes gens ont toujours été les plus nombreux en France et les plus forts. L'union seule leur a manqué, et pourrait leur manquer encore. Après tant d'expériences et de si douloureuses épreuves, n'est-il pas temps de sacrifier ce qui nous divise, et qui est si peu de chose, à ce qui doit nous réunir et qui est tout? Qu'importe sous quel drapeau la France soit libre et heureuse, pourvu qu'elle le soit? Ne sommes-nous pas les enfants de la même patrie? Notre bonheur à tous n'est-il pas compris dans le sien, notre repos dans son repos, notre gloire dans sa gloire? Qu'un patriotisme plus large se substitue à l'étroit patriotisme des partis; au lieu d'un présent toujours précaire, la France aura un avenir, et nous, que l'âge approche déjà du terme de notre carrière, nous pourrons du moins nous dire en quittant ce monde : Nos peines n'ont pas été perdues, nos enfants jouiront du repos que nous n'avons pas eu!

Paris. — Imprimerie Adolphe Laîné, rue des Saints-Pères, 19.

www.ingramcontent.com/pod-product-compliance
Ingram Content Group UK Ltd.
Pitfield, Milton Keynes, MK11 3LW, UK
UKHW020208200726
13856UKWH00003B/1252

9 782013 086196